魔界戦記ディスガイア

秋倉潤奈
illustration／Takehito Harada

魔界戦記
ディスガイア
秋倉潤奈
illustration／Takehito Harata

contents

Disign / Akikito

バイアス

たびたびラハールたちの前に現われるキザな美青年。魔王の後継者争いに参加しており、ラハールを一方的にライバル視している。だが、ラハールにあまり相手にされておらず、彼に「中ボス」呼ばわりされるむくわれない人。

エトナが雇っているペンギンのような生き物。元は罪を犯した人間で、その罪を償うために給料制で労働している（天界ではボランティアで働く）。給料が安いわりにエトナにコキ使われているので、本人たちはやる気がない。

プリニー隊

魔界戦記
ディスガイア

エトナ

ラハールの腹心の部下。思ったことをすぐ口にするタイプで、自分の主人であるラハールに対して、かなりキツいツッコミをすることもある。クリチェフスコイに心酔しており、ラハールも偉大な魔王になってほしいと思っている。

フロン

天界の見習い天使。大天使の命を受けて、魔王に会うために魔界へやってきた。平和や愛を崇拝し、それをラハールたちに伝えようと必死で、たまに暴走することも。ヒーロー戦隊ものが好きという意外な一面も持っている。

Character

ラハール

2年前に命を落とした魔王・クリチェフスコイの息子。長い長い昼寝の最中に父を亡くし、その2年後に目覚めた。性格は悪魔的（?）にわがままかつ横暴。次期魔王の座は、先代の魔王の息子である自分が当然継ぐものと思っている。

魔界。

それは、闇に魅入られた者たちが住まう世界。

欲望、破滅——あらゆる負の感情が入り交じり、あまたの悪魔たちがしのぎを削っているという。

天界。

それは、光に魅せられた者たちが住まう世界。

慈愛、正義——あらゆる正の感情を胸に秘め、あまたの天使たちが己の理想を追い求めているという。

そして、人間界。

正負の感情を混在させた、人間たちが住まう世界。

天界と魔界が交流を断って数千年。

魔界に立ち入ろうとした天界と人間界の住人はほんのわずか。

彼らが一体どうなったのか——それを知る者はいない。

第一章　見習い天使と魔王の息子

「フロン。魔界《まかい》へ行き、魔王《まおう》クリチェフスコイに会ってきてくれないか」

「……はい？」

思いもよらない言葉《ことば》を告《つ》げられて、天使見習いフロンは、ただただぽかんと口を開けるよりほかなかった。

すべてはそのひと言から始まった。

辺《あた》りは、優《やさ》しく甘《あま》い花の香《かお》りで満《み》ちていた。一面、天使の羽根をまき散《ち》らしたように真っ白な花畑だった。

足を踏《ふ》み入《い》れた誰《だれ》もが、心を和《なご》ませてしまう天界《てんかい》にある庭園。そんな中に、一つだけ異彩《いさい》を放《はな》っているものがあった。

でんとそびえる巨大な扉《とびら》。天界と魔界とを隔《へだ》てているその扉は、金属《きんぞく》のように鈍《にぶ》く光り、どんな力が働いているのか、壁《かべ》も何もない空間に唐突《とうとつ》に存在していた。

そこへ金髪《きんぱつ》の少女が分厚《ぶあつ》い本を五冊も抱《かか》え、よたよたと歩いてきた。

彼女の名前はフロン。あどけなさの漂《ただよ》う大きな青い瞳《ひとみ》で、瞳と同じ青色のリボンを髪《かみ》と胸元《むなもと》につけた、かわいらしい少女である。白いワンピースから伸《の》びる、透《す》き通《とお》るような華奢《きゃしゃ》な腕《うで》。ちょこんとした翼《つばさ》が、背中《せなか》でぱたぱたと動いていた。

少女の視線《しせん》の先にはイスとテーブルが置かれ、籐《とう》のイスには一人の男が座《すわ》っていた。フロンの姿《すがた》を認《みと》めると、男は「おや」と言わんばかりに目を見張《みは》った。若そうだが落ち着いた物腰《ものごし》で、本当の年齢《ねんれい》はよくわからない。背中まで伸ばした白銀《はくぎん》の髪と、立派《りっぱ》な背中の翼が荘厳《そうごん》な雰囲気《ふんいき》を醸《かも》しだしていた。

彼は天界の最高指導者《しどうしゃ》、大天使ラミントン。この庭園の持ち主だった。

本来ならば、天使見習いのフロンなどには、畏《おそ》れ多くて近寄れない人物である。しかしフロンは、昔から彼に親《した》しくしてもらっている。仕事以外でも、一緒《いっしょ》に花を愛《め》でたり、フロンの知らない色々な話を聞かせてくれたりする。

慈愛《じあい》に満ちた笑《え》みを絶《た》やさず、まるで親のようにフロンを包《つつ》みこんでくれるひとなのだ。

「こんにちは、大天使様」

顔中を真っ赤にして、フロンはおぼつかない足取りで近づいていった。大天使はそっと手を差し伸べた。

「これは大荷物《おおにもつ》だね、重かっただろう。どうしたんだい?」

「あの、ここへ来る途中《とちゅう》、天使様が困ってらしたので、お手伝いを。大天使様にお届《とど》けするものがあるけど、別の仕事があるって、だから……きゃあっ!?」

べしゃ、どさどさどさっ！

大天使に本を渡す直前、フロンは盛大に転んでしまった。本は無惨《むざん》に、花を下敷《したじ》きにして散らばった。

「も、申し訳ありません、大天使様！　本が！　ユイエの花が！」

フロンは真っ青になって本を拾い上げたが、もともと両手で抱えるのがやっとの量だ。拾う端《はし》から一冊ずつ、ばさばささと落としてしまう。

さらに慌《あわ》てて瞳を潤《うる》ませるフロンに、大天使が優しく手を貸し、イスに本を積み上げる。

「フロン、落ち着いて。それよりもケガはないかい？」

「わたしは大丈夫です。でも、花が……」

フロンはしょんぼりと、ぺしゃんこになった花を見つめた。白い小さな花びらで素朴《そぼく》なユイエは、フロンの大好きな花だった。

自分から本を運ぶ手伝いを申し出たのに、大天使にも花にも大きな迷惑《めいわく》をかけてしまった。フロンには、こういうパターンの失敗が多い。

（ユイエにひどいことしちゃったわ。あ、そうだ）

ふと思いつき、フロンはかがみこんで呪文《じゅもん》を呟《つぶや》き始《はじ》めた。温《あたた》かな光が手のひらから溢《あふ》れ、つぶれた花へと降《ふ》り注《そそ》ぐ。

すると、どうだろう。ぺしゃんこだった白い花が、みるみる首をもたげていった。

フロンが得意《とくい》とする、癒《いや》しの魔《ま》法《ほう》である。花に効《き》くかはわからなかったが、試《ため》してみて正解だったようだ。

「よくやったね、フロン。誰かのために頑張《がんば》ろうとするのは、とても大切なことだよ」

ホッとしたフロンの頭を、満足そうに微笑《ほほえ》んだ大天使が撫《な》でた。言いつけを守ったときなどにしてくれるご褒美《ほうび》である。

フロンは青い瞳をまぶしげに細める。何度失敗しても、また頑張ろうと思えるのは、この優しい手のおかげだ。うっとりと心地《ここち》よさに酔《よ》いしれていると、

「ところでフロン。これは、何の本だと思う？」

大天使が本を一冊手に取り、穏《おだ》やかに尋《たず》ねた。

「確か、魔界や悪魔《あくま》に関する資料《しりょう》だって、さっき教えてもらいました」

フロンは、先輩格《せんぱいかく》の天使との会話を思い出した。手伝いを引き受けたときのことである。

『昔、実際《じっさい》に魔界から持ちこまれた資料などもあるんだ。悪魔といえば残虐《ざんぎゃく》非道《ひどう》で、汚《けが》れきった者たちだろう？　あぁ、心配だ。大天使様がそんな者たちの本を読んで、ご気分が悪くなられたら。こんなものを手に取られて、大天使様の清らかな御手《みて》が汚されてしまうのでは……』

どんな想像《そうぞう》に行き着いたのか、天使の顔からどんどん血の気が引いていったのを、フロンはよく覚えている。

（そういえばあの天使様、大丈夫だったかしら）

「最近よく読んでいるんだけどね。なぜかみんな、嫌《いや》そうな顔をするんだよ。探《さが》すよう頼《たの》んだときも、あれこれ言われてしまったしね」

真っ青になった天使のことを思い出したのか、大天使が苦笑《くしょう》した。つられて、フロンも困ったように微笑む。

「でも、大天使様。魔界ってみんなが言うように、恐《おそ》ろしいところなんでしょうか？」

「おや、どうしてそう思うんだい？」

「だって、天界の住人が最後に魔界を見たのは、何千年も前のことですよね」

フロンはじっと、背後《はいご》にそびえる巨大な扉を見つめた。

この魔界へ通じる扉が作られ、交流を断《た》ってからあまたの時が流れた。魔界はすでに、わずかに噂《うわさ》が漏《も》れてくるだけの世界なのである。

「そのときは噂通りのところだったとしても、今は全然違《ちが》うかもしれないじゃないですか」

「そうだね。もしかしたらいいところなのかもしれないし、噂通りなのかもしれない」

大天使はフロンの意見を聞きながら、満足そうにうなずいた。

「お料理だって、食べてみなくちゃおいしいかどうかわかりませんよね。なんだか、もったいない気がします」

大天使は、扉に見入るフロンの横顔を見ながら、うっすらと微笑んだ。

そして——。

「それなら、フロン。本当の魔界を、体験《たいけん》してみるかい？」

「え？」

フロンは、大天使の顔を見て驚《おどろ》いた。穏和《おんわ》な笑みをたたえていた目が、ふと真剣《しんけん》な指導者のものになっていたからだ。それはフロンが見たこともない表情だった。

「フロン。魔界へ行き、魔王クリチェフスコイに会ってきてくれないか」

「……はい？」

思いもよらない言葉を告げられて、フロンはただただぽかんと口を開けるよりほかなかった。

「だって、でも、ええええっ!?　わたしなんかでいいんですか!?」

「ああ、そうだよ」

青天《せいてん》の霹靂《へきれき》、とはまさにこのことである。

フロンはうろたえ、そして困《こま》り果《は》てた。この任務《にんむ》は、いつものお遣《つか》いとはわけが違う。歴史的で重大な、天使長なり高位《こうい》の天使なりが務《つと》めるべき仕事だ。

困る理由はそれだけではない。

フロンはまだまだ天使見習いの身だ。ちょっとした失敗をすることも多い。ついさっきも、天使長に絞《しぼ》られたばかりだった。

大天使はそんなフロンの気持ちを汲《く》み取《と》ったのか、優しい笑みを浮かべて言った。

「クリチェフスコイは魔王ながら、見習うべきところのある人物だと聞くよ。その噂が本当か確かめようにも、私が行ったのではただの表敬訪問《ひょうけいほうもん》に終わるだろう。修行中《しゅぎょうちゅう》のお前だからこそ、真実が見極《みきわ》められると思うのだよ。それに、修行中は見聞《けんぶん》を広げたほうがいい。会ってみたほうがいい。いや、絶対《ぜったい》に会ってみるべきだ」

「大天使様」

だんだん、フロンの胸《むね》が熱《あつ》くなってきた。

大天使が、わざわざ自分のために、命じてくれたのだ。始終《しじゅう》近くに置いてくれるだけでも光栄なことなのに、これ以上晴れがましいことがあるだろうか？

（ううん、絶対にないわっ！）

フロンはぐぐっと拳《こぶし》を握《にぎ》りしめていた。

それに、魔王クリチェフスコイにも興味《きょうみ》が湧《わ》いてきた。

（見習うべきひとって、大天使様みたいにぽかぽかした笑顔《えがお》のひとなのかしら？　それとも、誰からも好かれるひとなのかしら。魔王って言うからには悪魔さんなわけで、う～ん？）

ちょっと想像がつかない。でもはっきりしているのは、いいひとなんだろうな、ということ。天界中の信頼《しんらい》と尊敬《そんけい》を集め、それでいて偉《えら》ぶったりしない大天使。その彼が、『絶対会ってみるべき』と絶賛《ぜっさん》しているのだから。

「どうだい、フロン。わたしのお願いを聞いてくれるかい？」

大天使に穏やかにのぞきこまれれば、もうフロンに断《ことわ》る理由など思いつくはずもなかった。

背中に背負《せお》いこんだ荷物はそうとう重たいが、大天使のためなら、持ち上げてぐるぐる回したっていい！　そんな気にすらなって、フロンは青いつぶらな瞳をらんらんと輝《かがや》かせた。

「わかりました！　大天使様の名に恥《は》じないよう、このフロン、張《は》り切《き》って魔界へ行かせていただきますっ！」

力強く宣言《せんげん》するフロンに、大天使はとろけるような微笑《ほほえ》みを向けた。

翌日《よくじつ》、魔界へ続く扉の前に、ユイエの花束《はなたば》を抱えたフロンと大天使の姿があった。

花束は、魔王への手土産《てみやげ》に、とフロンが摘《つ》んだものだった。

フロンが魔界に行くという噂を聞きつけ、心配して花畑を訪《おとず》れた天使は、口々に言った。

悪魔にそんな美しいものを渡すなんてもったいない、とか、渡そうとした隙《すき》に殺されてしまう、なんてことまで。そして全員が魔界行きを止《と》めた。

だがフロンはそんな言葉に耳を貸さず、心をこめて花束を作り上げた。

(花や詩を愛する大天使様が見こんだひとだもの。きっとユイエの美しさをわかって、喜んで受け取ってくれるはず！)

そんなふうに、どきどきしながら。

そして今、フロンは扉の前にいる。

魔界への扉をこんなに間近《まぢか》に見たのは初めてだった。金属のように光沢《こうたく》のある扉の表面には、いにしえの天使言語がびっしりと刻《きざ》まれ、荘厳な雰囲気を漂わせていた。

大天使の紡《つむ》ぐ天使言語に応《おう》じて、魔界への扉が、向《む》こう側《がわ》へゆっくり開いていく。

重々しい音と、深みのある大天使の呪文を聞きながら、フロンの胸は痛《いた》いほど高鳴《たかな》っていった。大きな期待《きたい》と、わずかな不安とともに。

固唾《かたず》を呑《の》むフロンの前で、ついに扉が完全に開《あ》け放《はな》たれた。

目の前は、灰色《はいいろ》のおどろおどろしい霧《きり》で埋《う》め尽《つ》くされている。

（何かが、ぱっと向こうから出てきそう……）

実際見てみなければわからないと思っていたのに、フロンは不吉《ふきつ》な想像《そうぞう》をしてしまった。

霧のせいで、向こう側は霞《かす》んでよく見えない。どうやら、思い切って踏み出してみなければ、魔界の様子《ようす》ははっきりと見えないようだ。ますます一歩目がためらわれる。

「大天使様……」

最初の一歩を踏み出す前に、フロンは思わず、後ろに立つ大天使の顔を窺《うかが》っていた。

大天使は穏やかな微笑を浮かべ、うなずいた。フロンのかすかな不安を取《と》り払《はら》うように、強く、優しく。

……そうだ、怖《お》じ気《け》づいている場合ではない。

フロンは胸に下げた銀色のペンダントを握りしめ、大天使に笑顔を返した。これは、大天使が霊力《れいりょく》を込めてくれた、お守り代わりのペンダントだ。

「行ってきます、大天使様！」

フロンはぎゅっと目をつぶり、扉の向こうへジャンプした。

一瞬《いっしゅん》、くらりとして――。

気がつけば、フロンはぽっかりと開けた砂地に佇《たたず》んでいた。

振《ふ》り返《かえ》ると、扉はすでに固く閉ざされていた。溢れんばかりのユイエの花も、優しい大天使の微笑みももう向こう側だ。

ほんの少し淋《さび》しさが襲《おそ》ってきたが、フロンはぶるぶる頭を振った。

(しっかり、フロン！　もうここは魔界なんだから、天界の使者として胸を張らなきゃっ！)

改めてフロンは、周《まわ》りをぐるりと見渡《みわた》した。

どうやら、霧が立ちこめているのは扉の周辺《しゅうへん》だけらしい。乾《かわ》いた砂地には、丈《たけ》の低い草の固《かた》まりがところどころに生えている。

森の中を切り開いた砂地らしく、ひょろひょろとした木々が周りを取り囲んでいた。

フロンは、深呼吸《しんこきゅう》してみた。

空は青いし、空気もいい。天界と比《くら》べて汚《よご》れているとか、そういった印象《いんしょう》は全くなかった。花や豊かな樹木《じゅもく》に囲《かこ》まれた天界から比べれば、確かに殺風景《さっぷうけい》な感じではあるが。

怖じ気づいていた自分が、バカみたいに思えてきて、フロンはくすりと笑った。

(天界での噂は、みんな大げさだったんだわ。ふふふ、歴史的な深呼吸♪)

噂なんて当てにならない。やっぱり、来てみなければわからないのだ。

そう思うと、魔王や悪魔たちに会うのが楽しみになってきて、フロンはきょろきょろと辺りを見回した。とにかく城へ向かわねばならない。すると――。

「嬢《じょう》ちゃん、嬢ちゃん。見てたぞ見てたぞ。今、扉からおいでなすったね～っ!?」

「はいぃっ？」

どこから現《あらわ》れたのか、しわくちゃな顔をした老婆《ろうば》が、ものすごい勢《いきお》いでフロンに迫《せま》ってきた。

悪魔はどんな姿をしているのかちょっと不安はあったが、耳が尖《とが》っているほかは、天使とあまり変わりがないようだった。行商《ぎょうしょう》でもしているのか、老婆は行李《こうり》を背負っていた。

「魔界ははじめてじゃね？　これを使うがよい」

老婆は有無《うむ》を言わせず『魔界ガイドマップ』と書かれた本を押《お》しつけてきた。突然《とつぜん》のことに戸惑《とまど》ったフロンだったが、渡りに舟《ふね》である。

「ありがとうございます」

「三百ヘルじゃ〜」

大喜びで受け取った途端《とたん》、しっかりお金を請求《せいきゅう》された。どうやら商品だったらしい。

フロンは少し気圧《けお》されながらも、がさこそとポケットを探《さぐ》った。

「えぇと、天界のお金しか持ってないんですけど……魔界だとどのくらいになるんですか？」

見せてみろと言われ、素直《すなお》に財布《さいふ》を差し出すと――。

「充分《じゅうぶん》じゃっ！」

しゅぱぱぱぱっ！

老婆は、疾風《はやて》のごとく走り去っていった。

「なんか、元気なお婆《ばあ》さん……」

フロンはくすりと笑った。そして財布をしまおうとしてはたと気づいた。

「あれ……お財布!?」

あれは、大天使がくれた小遣《こづか》いを、こつこつと貯《た》めたものである。それを財布ごと、老婆に全部盗《と》られてしまった。

しかし、フロンは気を取り直した。

（ううん、盗られたなんて、人聞き悪いわ。きっとお婆さんは急いでいたのよ。だからうっかり、持っていっちゃったんだわ。魔界の物価は、天界よりうんと高いのかもしれないし）

そう考えれば、つじつまが合う。それにどうせ、魔王に会ったらすぐ帰るのだ。お金などなくても、問題はないだろう。

そうと決まれば、今は城へ急がねばならない。フロンはさっそく、『魔界ガイドマップ』を開いてみた。

「……あれ？」

『行きたいところは、自分で探して書きこめ！』

その一行以外、真っ白。残りのページにも、なんにも書いていない。

（あ、あれあれ？　これってどういうこと？　印刷ミスかしら、それとも……）

首を傾《かし》げつつぺらぺらめくっていたフロンだったが、やがてこう思いついた。

あのお婆さんはきっと、できるだけ自力で行ってごらんと言いたかったのだと。

そうに違いない。真っ白なページが続くのは、足跡《そくせき》を記念に書き残せるようにとの配慮《はいりょ》なのだろう。

（いきなりひとに頼《たよ》ろうとしちゃダメだったんだわ。まずはできることから自分で）

気合いを入れ直し、フロンは再《ふたた》び周囲を見渡した。

古い石畳《いしだたみ》の小道が一本、森の中へと続いている。どうやら、道はこれしかないらしい。

（ひとまずこれを歩いていきましょう。大天使様、わたし頑張りますっ！）

自分に活《かつ》を入れると、フロンは花束を抱え、一人小道を歩いていった。

魔王城の門前で、フロンは大きく息《いき》をついていた。

「ふう……」

思い切り背《せ》を反《そ》らさなければてっぺんが見えないほど、巨大な城だった。塔《とう》がいくつか集まった造りで、敷地《しきち》をぐるりと切り立った崖《がけ》が囲んでいる。遥《はる》か底には、溶岩《ようがん》らしき赤い光が見えた。

森の小道をてくてくと歩くこと数時間。扉から城までは、思ったよりも距離《きょり》があった。途中で出会った悪魔に道を教えて貰《もら》わなければ、迷《まよ》ってしまっていたかもしれない。

なだめるように胸に当てた左手からは、自分の鼓動《こどう》がはっきりと伝わってくる。いつもとは明らかに違う、速いビート。

（わたしってば、緊張《きんちょう》してるんだわ。落ち着いてって、あれほど大天使様がおっしゃっていたのに）

フロンはすがりつくように、胸元《むなもと》のペンダントを握りしめた。

（大丈夫、きっとできるわ。頑張らなくっちゃ！）

フロンは門番に取り次ぎを申し出た。やる気なさそうな悪魔は、ろくに調べもしないままあっさり中に入れてくれた。大天使の神殿《しんでん》を守る門番は、顔なじみのフロンに対しても、一通りのチェックをするというのに。

構《かま》えていたフロンはちょっと拍子抜《ひょうしぬ》けしたが、きっと信用してもらえたのだと嬉《うれ》しくなって、思い切って城に足を踏み入れた。

城内は、昼間だというのにどこか薄暗《うすぐら》かった。極端《きょくたん》に窓の数が少ないせいである。照明《しょうめい》のろうそくが不気味《ぶきみ》にちろちろと揺《ゆ》れる廊下《ろうか》は、不思議《ふしぎ》なほど人気《ひとけ》がない。しかも、どことなくカビくさかった。魔王が住んでいるのに、掃除《そうじ》をちゃんとしていないのだろうか？

「あのーっ、どなたかいらっしゃいませんかー？」

眉《まゆ》を寄《よ》せながら、フロンが大声で叫《さけ》んだのとほぼ同時に——。

「貴様《きさま》ら、オレさまを侮辱《ぶじょく》する気かぁぁぁぁぁぁぁぁぁっ!?」

ちゅどごーんっ！

「きゃあああっ!?」

突然、目の前の部屋《へや》のドアが爆発《ばくはつ》し、吹き飛んだ。続けて、誰かの切羽詰《せっぱつ》まった悲鳴《ひめい》がした。

「死んじゃうっスーっ！　誰か、助けてっスーっ！」

「ど、どうしたんですかっ!?」

一瞬腰《こし》を抜かしかけたフロンだったが、ぐぐっとこらえた。助けを求める声が聞こえたのに、無視《むし》などできるわけがない。フロンは思い切って、爆発の起きた部屋に飛びこんだ。

負けん気の強そうな少年が、こちらのほうへジャンプするのが見えて——。

「ラハールさま・ダークネス・カタルシスぅぅぅぅっ！」

ごぎぃっ！

「はううっ!?」

いきなり顔面《がんめん》に跳《と》び蹴《げ》りを食らい、フロンは後ろへひっくり返った。まともに後頭部《こうとうぶ》を床《ゆか》に打ちつけ、ばちばちっと目の前に星が飛ぶ。

「……お？」

蹴《け》りを放った少年は、空中で器用《きよう》に一回転し、倒《たお》れたフロンの体に着地した。ぐげっと、フロンはカエルが押《お》し潰《つぶ》されるような声をあげた。

(な、な、なんなの一体《いったい》？)

どうにか意識《いしき》を失わずに済《す》んだフロンが身を起こすと、息つく暇《ひま》もなく少年に胸《むな》ぐらをつかまれた。赤く燃える瞳は、これ以上ないというくらい凶悪《きょうあく》で陰険《いんけん》である。

「こぉら、貴様っ！　よくもこのラハールさまの華麗《かれい》なる攻撃《こうげき》を邪魔《じゃま》しおったな！　貴様が飛びこんで来やがったせいで、狙《ねら》いが外《はず》れてしまったではないかっ！」

「い、いきなり蹴ってきて何言うんですかっ!?　って、ふふっ」

罪悪感《ざいあくかん》などかけらもない少年――ラハールに揺さぶられながら、思わずフロンは吹き出した。

肩《かた》にかかるかかからないか、という青い髪が、なんともかわいらしい縦《たて》ロールになっている。

眉毛は黒々と塗《ぬ》られて左右が一本につながり、額には真っ赤な大きいハートマーク、よくよく見れば、口紅《くちべに》まで塗ってある。険悪《けんあく》な表情とのギャップが激《はげ》しすぎだ。

途端に、ラハールのこめかみに血管《けっかん》が浮き出る。

「き、貴様もオレさまを見て笑いやがったな。なぜ笑う、笑うなぁぁぁぁあっ！」

べちべちべちっ！

「いたたたた、痛いですっっっ！　やめてください！」

ラハールに猛烈《もうれつ》な往復《おうふく》ビンタを食らい、フロンはたまらず悲鳴をあげた。ラハールは手を休めず、わめき散らす。

「なーにが『やめてください』だ！　いきなりひとを笑いものにしやがった貴様が悪い！」

「それは、確かに失礼なことしちゃいましたけど、でも、大丈夫です。かわいいですから」

「うぬっ、貴様まで『かわいい』だと〰〰〰〰!?　言え、魔界一凶悪で残忍《ざんにん》で素晴《すば》らしい悪魔ラハールさまの、どこがおもしろくてかわいいと抜かすのだぁぁぁぁっ!?」

「か、鏡っ！　鏡を見てくださいよ！　そうすればわかりますから！」

どうやらラハール本人は、笑われた原因がさっぱりわかっていないらしい。

フロンはじたばたもがきながら、ちょうど目に入った鏡台《きょうだい》を指差した。ヒビが入っているが、どうにか姿は映《うつ》せる。

「鏡を見ろだと!?　……あ」

ぐりっと鏡をのぞきこんだラハールは、パッとフロンを放した。鏡に映る、くりくり縦ロールとつながり眉毛にハートマークつきのむっつり顔。その顔が、みるみる真っ赤になっていく。

「む……む……む……」

「あの、おわかりになりましたか？　いきなりひどいです」

投げ出されたフロンは、じんじんと腫《は》れあがった頬《ほお》を涙混《なみだま》じりにさすった。いきなり爆発

が起きて、蹴り上げられ、挙《あ》げ句《く》に理由も聞かず激烈《げきれつ》なビンタ。もうわけがわからない。

そのとき背後で、「ぶふっ」と吹き出す声がした。振り返ると、赤い髪をツインテールに結んだ少女が、腹を抱えてひくひくしていた。

黒いキャミソールとショートパンツ。スレンダーな体に、それらはぴたりと合っていた。とがった耳と、わずかにのぞくピンと上を向いた尻尾《しっぽ》が、彼女が悪魔であることを示していた。

「も……もうダメ、限界《げんかい》！　殿下《でんか》プリティーです。あはははは、はっ！」

少女は豪快《ごうかい》に笑いだした。その手には、なぜか無骨《ぶこつ》な斧《おの》が握られていた。

「笑っちゃダメっス、エトナ様っ。ぷぷ、また殿下のご機嫌《きげん》が……」

「でもオレたちも、こらえきれないっス」

続けて、ペンギンに似た不思議な生物たちも肩を震《ふる》わせ始《はじ》めた。ずんぐりとした青い体に、つぶらな瞳とクチバシ。表面はなぜか綿《わた》のような質感《しっかん》の生物、プリニーである。

結局、焦《こ》げ焦げの部屋の中に、一同の爆笑《ばくしょう》が響《ひび》き渡《わた》った。

「き、貴様ら、よくも！　通行の邪魔だ、どけっ！」

「はうっ！」

猛《もう》ダッシュしたラハールに蹴り飛ばされ、フロンは部屋の隅《すみ》に景気《けいき》よく転がった。

「エトナ、貴様の仕業《しわざ》だな。よくもよくも！」

ラハールは少女に殴《なぐ》りかかる。エトナと呼ばれた少女は、軽い身のこなしで避《よ》けながら、

「さっさと起きてくださらなかった殿下が悪いんですよ。だから……あぁダメ、その顔こっち

に向けないでくださいぃ、おかしすぎますっ」

「さてはさっき、あのクソ親父の足下にも及《およ》ばないかわいいお子様～♥だの抜かしやがったのは、このせいだったのだな？　その口引《ひ》き裂《さ》いてくれる！」

激しいジャブの応酬《おうしゅう》。巻《ま》きこまれたプリニーが、窓を突《つ》き破《やぶ》って飛ばされていく。もうしっちゃかめっちゃかだ。

（ど、どうにかしなきゃ）

フロンは恐る恐るにじり寄り、がしっとラハールの足首をつかんだ。つんのめったものの、どうにかラハールは踏みとどまる。

「あの、ちょっと待ってくださいっ！」

「なんだ貴様、オレさまにたてつく気か!?　ん？」

ラハールはフロンをまじまじと見つめた。その隙に、プリニーがラハールの腕を振り払って逃《に》げた。

「そう言えば貴様、見慣《みな》れない顔だな。怪《あや》しいヤツめ、ここで何をしている？」

「怪しいって、挨拶《あいさつ》するヒマなんかなかったじゃないですか！」

フロンは抗議《こうぎ》の叫びをあげた。顔に足形をくっきりつけたまま、よろよろと起き上がる。

緋色《ひいろ》のマントをばさっと翻《ひるがえ》し、少年はフンと鼻《はな》で笑った。

「タイミング悪く、のこのこやって来た貴様が悪いのだ。あきらめろ！　さぁ吐《は》け。貴様はどこの何者で、何をしにこの城へ来た？　まさか、オレさまの命を狙《ねら》って!?」

「そんな滅相《めっそう》もないっ！」

慌てて否定《ひてい》すると、フロンはぱさぱさと体中の埃《ほこり》を払う。

思いがけずドタバタしてしまったため、いつもより丁重《ていちょう》に一礼することにした。

「はじめまして。わたしはフロンと言います。大天使様の命により、天界から魔王クリチェフスコイ様に会いに来ました」

ラハールは、ぴくんと眉を跳《は》ね上《あ》げた。

「親父に会いに、だと？」

「親父？　ってことはあなたは、魔王さんの息子《むすこ》さんなんですか？」

フロンはパッと顔を輝かせた。それなら話は早い。

「なら、お父さんがどこにいるかご存じですよね。どうか会わせてください！」

「残念《ざんねん》だねー、それは無理《むり》だよ」

背後から、突然軽いノリの声がした。逃げ回っていたあの少女、エトナである。

エトナは少し神妙《しんみょう》なトーンで、こう告げた。

「だって、魔王クリチェフスコイ様は、二年も前に死んじゃったからね」

フロンたちは、破壊《はかい》し尽《つ》くされた部屋から玉座《ぎょくざ》の間に移動《いどう》した。

がらんとした空間を真《ま》っ直《す》ぐ断ち切るように、赤いカーペットの道ができている。

道の先にある立派な玉座には、ラハールがふんぞり返って腰かけていた。縦ロールも化粧《けしょう》もきれいに落とされ、緋色のマントとショートパンツという、軽快《けいかい》な服装《ふくそう》になっていた。

素顔《すがお》になっても凶悪で陰険な目つきは変わらなかった。

エトナが淡々《たんたん》と二年前に起こった出来事《できごと》を説明する。

どんな猛者《もさ》をもひれ伏《ふ》させる圧倒的《あっとうてき》な存在感《そんざいかん》で、魔界始まって以来の長い治世《ちせい》を誇《ほこ》った、魔王クリチェフスコイ。彼は不慮《ふりょ》の事故であっさりと、その命を落としてしまった。

その葬儀《そうぎ》では、死を悼《いた》む悪魔たちの列が、城の周囲《しゅうい》を幾重《いくえ》にも取り囲んでいたという。

フロンはがっくりと肩を落とした。目当ての人物がそんな前に死んでいたとはショックである。


「そうだったんですか……」

「そうだったのよ。天界には魔界の情報、ほとんど行ってないんだね。無理もないけど」

説明をしてくれたエトナは、しみじみと呟《つぶや》いた。ラハールの腹心《ふくしん》だということだが、むしろクリチェフスコイの話をしているときのほうが熱がこもっていた気がする。

「二年も前のことすら知らずに、ほいほい使いをよこすとは……呑気《のんき》な話だな」

玉座にふんぞり返っていたラハールが、いらいらと肘掛《ひじか》けを叩《たた》く。こちらを威圧《いあつ》するようににらんではくるものの、まだ幼《おさな》さの残る顔では、今ひとつ迫力《はくりょく》が出ていなかった。

「よく言いますよ、殿下。殿下だって、クリチェフスコイ様が亡《な》くなったってのは、今さっき知ったばかりじゃないですか」

「今さっき？　ラハールさん、どこか長い旅行でも行ってたんですか？」

フロンは首を傾げた。実の父親が二年も前に亡くなっているのに、一体なぜ知らなかったんだろう？　親に何かあればたとえ何があろうと、すぐに駆《か》けつけるのが子供だと思うのだが。

ラハールはぶすっとした顔で、

「違うわいっ！　オレさまは優雅《ゆうが》に昼寝《ひるね》をしていただけだ！」

「昼寝？」

エトナによると、悪魔の睡眠《すいみん》時間はかなり長いのだそうだ。それしても、二年以上にもわたる昼寝とは……。さっきのイタズラは、その間にされたものなのだろう。

「よっぽど気持ちよかったんですね。わたしも、日だまりの中でお昼寝するの大好きですよ」

「アホか、貴様。悪魔にそんな健康的な寝方似合《にあ》うわけがなかろう。棺《ひつぎ》ベッドの中で、じめじめ快適《かいてき》に眠《ねむ》っておったわいっ！　だいたい、今回は寝すぎたのが悔《くや》しくてたまらん。いいか、親父が、あの親父が死んだということは……」

ラハールがうつむき、細かく肩を震わせた。表情は影《かげ》が差して窺い知れない。

きっと、父の思い出がよぎって言葉にならないのだ。と、フロンが思ったその瞬間《しゅんかん》。

「つまり！　息子であるこのラハールさまが、ついに魔王として君臨《くんりん》するときがやって来たということではないかっ。ハーハッハッハッハッ！」

ラハールはころりと態度《たいど》を変え、体を大きく反らして笑い始めたではないか！

唖然《あぜん》としたフロンを尻目《しりめ》に、ラハールはねちっとした笑いを浮かべ、ブツブツと独《ひと》り言《ごと》を言い始めた。指折り何かを数えているが、両手ではすぐに足りなくなったらしい。にんまりと笑《え》み崩《くず》れた顔は、威厳《いげん》もへったくれもない。新しいオモチャを手に入れた直後の子供状態である。

「まず、魔界中の悪魔をひれ伏させて……そうそう、あれも……あのクソ親父が変えやがった制度はみんな元に戻《もど》してやる。いや、もっと厳《きび》しい締めつけがいるな。ククク、楽しみだ、実に楽しみだぁぁぁぁっ！」

がばっと両手を広げて雄叫《おたけ》びをあげるラハールに、エトナが氷点下《ひょうてんか》の視線で突っこむ。

「そんなにお気軽に、魔王を継《つ》げるものですかね？　あのご立派なクリチェフスコイ様の跡目《あとめ》を継ぐんですよ。お子様な殿下には、ちょっときついんじゃないですか？」

「何を言うか。息子のオレさまが跡を継ぐのは、当たり前だろう。ふぬけな親父より、魔王らしくやってみせる！　エトナ、あんなイタズラをしているヒマがあったら、どうしてもっと早く起こさなかった!?　ずいぶん無駄《むだ》に眠ってしまったではないか！」

それまでの苛立《いらだ》ちを思い出したのか、ラハールがくわっと目を見開いてエトナに噛《か》みついた。

エトナも負けじと、腰に手を当てた勝ち気な態度で応戦する。

「何をおっしゃってるんですか。あたしは何度も何度も起こしましたよ」

「斧なんぞ振り回して『いい加減《かげん》起きやがれ！』とかほざいていたな？　あんな起こし方があるか!?　オレさまの超人的《ちょうじんてき》な反射神経《はんしゃしんけい》がなければ、とっくに新鮮《しんせん》ロースハムになっていたぞ」

「いえ、あたしは別に、殿下がくたばろうとどうでも……」

「おい」

「あ、いえいえ。もちろん起こしたかったんですよー。そりゃあ、もう」

多少棒読《ぼうよ》み気味《ぎみ》に言い放つと、エトナはにっこりと斧を後《うし》ろ手《で》に隠《かく》した。

(なんなの、このひとたち……)

二人のやり取りを傍観《ぼうかん》していたフロンは、ただただ呆然《ぼうぜん》とするばかりだった。

怒鳴《どな》るわ暴《あば》れるわ、容赦《ようしゃ》なく掛《か》け合《あ》いするわ、かなりめちゃくちゃな感じだ。

クリチェフスコイが亡くなっていて、息子のラハールもそれを知ったばかり。悪いタイミングで来てしまったのかと申《もう》し訳《わけ》なささえ感じていたのに、この始末《しまつ》だ。

(悪魔って……悪魔って皆《みな》さんこんな感じなのですか、大天使様!)

フロンは思わず、ペンダントを握りしめて天を振り仰いだ。

しかし——。

フロンはふと我《われ》に返って、じっとラハールを見つめた。ラハールとエトナは、まだあれこれ言い合いをしている。二年間仕事をさぼった掃除係を処刑《しょけい》したいだのなんだの、別に今話さなくてもいいような話題《わだい》ばかりだ。

フロンはピンと来た。

(ラハールさん、実のお父さんが亡くなったのを今知ったばかりなんだもの、きっとものすごくショックを受けているんだわ)

その淋しさや動揺《どうよう》を隠すために、こうしてわめき散らしているようにフロンには思えた。

(そうよ、そうに違いないわ。それなのにわたしときたら気も遣《つか》わず、ただぼーっとしていただけなんて!)

フロンは急にいたたまれなくなってきて、大きな瞳をうるうると潤ませた。

「うう、かわいそうです、ラハールさぁん……」

その唐突な行動に驚いたのか、ラハールとエトナは言い合いをやめた。

「オレさまがかわいそうだと？」

「そうですよ。ごめんなさい、わたしラハールさんの気も知らないで……。あの、これをどうぞ」

フロンは少しくたびれたユイエの花束をラハールに手渡した。無理矢理《むりやり》押しつけられたラハールは、いぶかしげに眉を寄せる。

「貴様、これはなんのつもりだ」

フロンはぐずぐず鼻をすすりながら、指を胸元で絡《から》ませた。

「だって、お父さんが亡くなって、お葬式にも出られなかったんでしょう。淋しくてしょうがないんですよね。あぁ、別に無理して隠さなくてもいいんですよ。ラハールさんのお気持ちはよーくわかりますからっ！」

「おい」

「これ、本当はクリチェフスコイさんにと思って摘んできたものなんです。ですから、これをお父さんのお墓《はか》に供《そな》えてください。ユイエって言って、天界にはいっぱい咲いてるんですよ」

「誰が花の説明をしろと言った⁉」

「あ、すぐにしおれちゃったりはしませんけど、早く花瓶《かびん》に入れないといけませんね。そこまで気が回らなくてごめんなさい」

「違う違う。ひとの話を聞けっ！　なぜオレさまが、これを親父の墓に持って行ってやらねばならんのだ!?」

「決まってますよ、お墓参りです。それで、お父さんにゆっくりお別れをしてくださいね。そうすれば淋しさは、少しずつ癒されていくはずです」

「……貴様、オレさまをバカにしているのかぁぁぁぁぁっ!!」

どごごっ！

ラハールがいきなり、拳大の魔法弾《まほうだん》を叩きつけた。たちまち床がえぐり取られ、無惨な大穴《おおあな》が開いた。

肩で息をしつつ、ラハールはぴりぴりとフロンをにらみつける。まるで、導火線《どうかせん》に火のついた爆弾《ばくだん》みたいだ。

「び、びっくりしました」

(何か気に障《さわ》るようなことをしたかしら？　そんなはずはないんだけど……)

ドキドキうるさい胸を押さえるフロンに、ラハールが激しく地団駄《じだんだ》を踏みまくりながら迫る。

「勝手にベラベラベラベラしゃべりおって。この歩く騒音《そうおん》公害女めっ！　今さら死んだヤツに毒草《どくそう》など渡してどうなる!?」

「ど、毒!?」

物騒《ぶっそう》な響きに、フロンは度肝《どぎも》を抜かれた。素朴だけれど、見ているだけで励《はげ》まされるユイエの花。これをどうしたら、毒草などに見えるというのだろう。

ところがラハールは、なぜ驚かれたのかわからないといった顔で言う。

「植物に、ほかの使い道があるわけないだろう？　……まさか花粉《かふん》に毒があって、オレさまを殺そうと!?」

「ですから、それは毒草なんかじゃありません。花は見るためのものでしょう？　ほら、よーく見てください。きれいだなーとか、色々思ったりするでしょう？」

ラハールはもう一度、うさんくさげに花束を見つめた。そしてひときわ荒《あら》く鼻息をついて、

「やっぱり怪しいな」

「違うんですってばっ！　本当にそれは毒なんかじゃありません。見て心を落ち着けるためのもの、それだけです！」

必死《ひっし》に弁明《べんめい》しながら、だんだんフロンは淋しくなってきた。

（どうしてこんな当たり前のことを説明する羽目《はめ》になっちゃったんだろう？）

「ふむ。見るだけのもの。ならば、こうしてくれるっ！」

ラハールはむんずとユイエの花束をつかむと、むしゃむしゃほおばり始めた。ごくんと無理矢理飲みこんで、草色に染《そ》まった舌《した》をべろりと突き出す。

「クソまずいうえに、腹の足しにもならんわ。なんの得《とく》にもならんものをよこすな！」

「なんてことするんですか！　食べ物じゃないんですから、おいしいわけないですよ」

打ち捨てられた包装紙《ほうそうし》を拾い上げながら、フロンはじくりと胸が裂かれるのを感じた。

見習いだけに仕事に失敗することも多いフロンは、何度もユイエの花に勇気づけられた。だからラハールにも少しでも心を和ませてもらえたら。

一生懸命《いっしょうけんめい》摘んで作った花束を、願いを込めて渡したというのに……。

その気持ちすら投げられてしまったように感じて、フロンはがっくりと肩を落とした。

「あーあ。なんかすっごく失礼でひどいことしてますね。さすが殿下、わがままっぷり大爆発です」

エトナは言った。言葉のわりには、同情など一切こもっていない声色《こわいろ》である。

ラハールがにやりと笑って、

「そう褒《ほ》めるな、エトナ。照《て》れるではないか。ん？　その反抗的《はんこうてき》な目はなんだ？」

フロンは知らない間に、非難《ひなん》じみた視線を送ってしまっていたらしい。得意げにほころんだ顔をしかめたラハールは、ずいっとフロンに迫りながら、きっぱりと言い放った。

「言っておくが、オレさまは淋しいなどとは全く思っておらん！　むしろオレさまにとっては好都合《こうつごう》だ。昼寝中に、勝手にくたばりやがったのだからな」

「そんなっ。信じられないです！」

実の父親が亡くなったのだ。いや、たとえ血がつながっていないにしろ、家族が亡くなったなら淋しくて仕方ないに決まっている。

もし、大天使がいなくなったとしたら——フロンなどそう想像しただけで胸が詰まって、瞬《また》く間に瞳が潤んでしまうというのに。

「フン、これだけははっきり言っておくぞ。オレさまは親父が大嫌《だいきら》いだった！」

ラハールに鼻先を指でばちんと弾《はじ》かれても、まだフロンは希望を持っていた。

（きっとまだ、自分の心を隠そうとしているだけなんだわ。こういうときは、ぇぇと……）

「わかりました、あれですね。嫌よ嫌よも好きのうちっ！」

「フロンちゃん、なんか言葉の使い方変じゃない？」

エトナの突っこみをものともせず、フロンは力強く叫んだ。

「認めてください、ラハールさん！　死んじゃったことを責《せ》めずにいられないくらい、お父さんのことを好きだったと！」

「だ・れ・が、認めるかぁぁあっ！　もういい。親父のことを思い出すだけ、脳《のう》みその無駄遣いだ。貴様と話している時間すらもったいない。さっさと帰れっ！」

ラハールがぞんざいに『あっち行け！』と手をひらつかせた。無理などしているようには思えない、ごく自然な動作だった。

その仕草《しぐさ》に、今度こそフロンの期待が、がらがらと音をたてて崩れていった。

（こんな……こんなことってあるものなの!?）

深い失望感《しつぼうかん》に打ちのめされ、フロンは継《つ》ぐ言葉すら見つけられないまま、その場に立ち尽くした。

「皆さん、さようなら。お体には気をつけて」

意気消沈《いきしょうちん》したまま、フロンは律儀《りちぎ》にお辞儀《じぎ》をした。

結局フロンは、ラハールとこれ以上話し合うのをあきらめた。せめて生前《せいぜん》のクリチェフスコイの様子だけでも聞き出したかったが、とりつくしまがなかった。

残念だが、大天使には成果《せいか》がなかったと報告《ほうこく》するしかない。

(ううん、一つだけはっきりわかったことがあるわ。ラハールさんはとにかく冷たくて、ひどいめちゃくちゃなひとだって!)

きちんと挨拶したし、お土産だって渡した。どれも儀礼的《ぎれいてき》にしたつもりはない。精一杯《せいいっぱい》、心を込めたのだ。それなのに、ラハールはことごとくはねのけた。

おまけに、父の死にもけろりとしている。

今も、エトナが指笛《ゆびぶえ》で呼び寄せたプリニーたちに、魔王継承《けいしょう》の準備《じゅんび》を命じ始めている。どんな事情があるかは知らないが、冷たすぎだ。見習うところなんてこれっぽっちもない!

どどっと疲れが押し寄せてきて、フロンは重い足取りで玉座の広間を後《あと》にしようとした。

その肩を、エトナがとんとんとつついた。

「フロンちゃん、帰るってことはあそこに行くんでしょ? 天界に通じているっていう、あのでっかい扉」

「はい、そうですけど」

一度通った道とはいえ、逆《ぎゃく》方向。かなり不安だが、気合いを入れて戻るしかない。

ところが、エトナはにっこり微笑んで、思いがけない申し出をしてくれた。

「それだったら、あたしが扉の前まで案内してあげようか」

「え……いいんですか、エトナさんっ!?」

フロンは、ぱっと顔を輝かせた。

「任《まか》せといて。蛇《じゃ》の道は蛇《へび》、魔界の道は悪魔ってもんよ」

「ぜひっ！　ぜひお願いします、エトナさん」

飛びつくような勢いで、フロンは頼んだ。

道案内をしてもらえるなら、これほど心強いことはない。ぱんと胸を叩くエトナの姿が、頼もしく後光《ごこう》が差して見えた。

「と、いうわけで殿下。あたしはフロンちゃんを送っていきますから、留守番《るすばん》お願いしますね」

「バカ者！　主人を放って客を送っていくのが、腹心のすることか!?　しかも自分から親切を買って出るとは……悪魔の風上《かざかみ》にも置けん」

「殿下と一緒にしないでくださいよー。あ、殿下のお世話《せわ》はプリニー隊《たい》に任せますから」

プリニー隊は、エトナが雇《やと》っている、下働きから戦闘《せんとう》までこなす忠実《ちゅうじつ》な部下《ぶか》だと聞いた。

しかしそのわりには、今ひとつ覇気《はき》がない。意味不明なダンスを踊《おど》っている者もいれば、大あくびをした挙げ句にその場に横たわり、昼寝を始めようとする者まで。

ところがそんなプリニーたちが、エトナの言葉を聞いた途端、ころりと態度を変えた。

「エトナ様、フロンさん。オレたちもご一緒するっス！」

ずざっと、見事なチームワークでフロンを取り囲む。つぶらな目をキラキラ輝かせて。

「何？　あんたたちも来るの？」

なぜか渋《しぶ》い顔をしたエトナに、プリニーたちはうんうんと力強くうなずいた。

「当然っス」

「オレたち、エトナ様の忠実な部下っスからねー」

「いつでもどこでも一緒。嫌だって言っても離《はな》れないっス」

「皆さん……」

エトナとプリニー隊に囲まれ、フロンは胸の奥《おく》がじーんと温まっていくのがわかった。先ほどまで失望やら無念《むねん》さやらで冷え切っていた分、余計《よけい》に温《ぬく》もりが強く感じられる。

「ありがとうございます、わたし、わたし……とっても嬉しいですっ！」

「ささ、フロンちゃん。殿下は放っておいて出発しましょ」

「はいっ、よろしくお願いします！」

ぱちりとウインクしたエトナに、フロンはとびっきりの笑顔を見せた。

「…………」

辺《あた》りが和やかなムードに包まれる中、ラハールだけが陰険な目つきでエトナを見つめていた。じっと何事か考えこんだ後、ぽんと手を叩く。その口元には、にやりと愉快《ゆかい》そうな笑みが浮かんでいた。

そして——。

「ちょっと待て。オレさまも行くぞ」

言うが早いか、ラハールは玉座から威勢《いせい》よく飛び降りる。立てかけてあった剣を背負い、素早く一行に加わった。

「ちょっと待ってください。殿下にご足労《そくろう》いただくほどのことではありませんよ」

目を丸くしたフロンの前に、エトナが割って入る。彼女にとっても、あまりに思いがけないことだったのだろう。その表情は、フロンから窺い知ることはできないが、少し慌てているようだった。

「もしかしてラハールさんも道案内してくれるんですか？　どうして突然……」

失礼だとはわかっていても、フロンはそう聞かずにはいられなかった。とてもさっきの様子では、一緒に来てくれる雰囲気ではなかった。

「勘違《かんちが》いをするな。オレさまは急に散歩がしたくなったのだ。天界への扉方面にな」

ラハールは、フンと鼻で笑った。「げっ」とエトナがうめいた気がしたが、空耳《そらみみ》だろう。

「エトナよ、腹心として同行を命じるぞ」

「う……」

エトナとラハールが、しばし視線を合わせる。

「わかりましたよっ、喜んで殿下のお供をさせてもらいます。で、ついでにフロンちゃんの案内をしましょう。これでいいんですね、殿下!?」

「うむ、いい答えだ。では出発するぞ、時間が惜《お》しい」

「あ、待ってください」

先頭をさっさと歩きだしたラハールを慌てて追《お》いながら、フロンはその背中を熱い視線で見つめた。

(もしかしてラハールさん、わたしを送るために、わざと?)

だとしたら、これほど優しく素敵《すてき》な口実《こうじつ》はない!

フロンの胸に、喜びの火種《ひだね》がぼうっと一気に燃え上がった。

悪魔は残虐にして、冷酷無比《れいこくむひ》。

天界では、誰もがそう噂し恐れ、または軽蔑《けいべつ》していた。

実際会ってみなければわからない。そう思っていたフロンでさえ、ラハールとのやり取りで
いったんはそう思った。

しかし、彼らはこうして、自分を案内しようとしてくれる。

(申し訳ありません、大天使様。やっぱりわたしは未熟者ですね)

先ほどまで心がささくれ立っていた自分が恥《は》ずかしい。ひとを見た目や印象だけで判断《はんだん》して
はいけない。そう大天使によく言われていたのに。

「おい、何をもたもたしている! さっさとついて来ないと置いていくぞ!」

「はい、今行きますっ!」

(帰ったら先輩の天使様方に言わなくっちゃ。天界の噂よりずっと、悪魔の皆さんは優しかっ
たですって)

フロンはこみ上げてくる笑いを隠そうともせず、ラハールたちの後をついて行った。

フロンたち一行は、ぞろぞろ天界への扉へと向かっていた。

森の中を走る立派な石畳の街道《かいどう》。分かれ道が出現しても、エトナたちはひょいひょいと迷うことなく進んでいく。

行きは一人、心細さに耐《た》えながら歩いていた道。それを今は、こんな大勢《おおぜい》で歩いているのだ。

（なんて素敵なことでしょう！　あぁ、大天使様、ご加護《かご》に感謝《かんしゃ》します！）

感激《かんげき》しきりのフロンは、道中エトナにあれこれと質問攻《ぜ》めにあった。

天界の様子や、しきたり。聞かれること一つ一つに、フロンは律儀に答えた。特に、大天使の説明は熱を込めて。

エトナと急速《きゅうそく》に打《う》ち解《と》けられたようで嬉しかったが、少しラハールのことが気にかかる。

先ほどから会話にも加わらず、ぶすっと口をつぐんでいるのだ。話に加わらないかと誘《さそ》っても、にべもなく断られてしまった。

（もしかしたら、寝起きで運動しているから、つらいのかもしれないわ。それなのに、こうしてわたしのために案内をしてくれているなんて……）

ありがたいような申し訳ないような気持ちで、フロンはぎゅっと上着の袖をつかんだ。

エトナが、ひょいっとラハールをのぞきこむ。

「どうしたんですか、殿下。顔色よくないですよ」

「フン、貴様らが元気すぎるだけだ。よくしゃべるな、貴様ら」

どこか疲《つか》れたように、ラハールは肩を落とした。

「殿下、今からでも城に帰られたほうがいいんじゃないですか？　寝起きなのに無理して、お体壊《こわ》されたら困りますからね」

なんならプリニーをつき添《そ》わせましょう、とエトナが気遣《きづか》わしげに言った。

（エトナさん、そんなにラハールさんのことを心配しているなんて！）

あれほどぽんぽん掛け合いをしてはいるものの、やはり腹心として気にかけているのだ。

その優しい想いにジーンとしたフロンは、熱い拍手を贈《おく》らずにはいられなかった。

＊　＊　＊

（フン、いい気なもんだ）

フロンの拍手にラハールはげんなりとした。どうせエトナを『主人思いの腹心』とでも思っているのだろう。

ラハールは先ほどから聞かされていた、フロンとエトナの会話にむかむかしていた。どこの何がきれいだの、大天使がいかに優しいかだの、くだらなくて反吐《へど》が出そうだ。

だが、あのにこにこ顔が崩れるまでもう少しだ。そしてそのとき、フロンからたんまり——。

なおも体調を心配し続けるエトナに、ラハールはゆるみかけた頬をひきしめた。

「いや、心配には及ばん。ここまで来たのだからな。最後まで客人を送《おく》り届《とど》けるのも、魔王とラハールは聞《き》き逃《のが》さなかった。

引き下がる瞬間、エトナが小さく舌打ちするのを、

「ご無理は、なさらないでくださぃね」

しての仕事だろう」


「おい、あの屋敷《やしき》はぃつからここにある？　誰が主《あるじ》だ？」

天界への扉らしき影がぼんやりと見えてきたあたりで、突然ラハールが口を開いた。

前方に、見覚《みおぼ》えのない真新しい屋敷を見つけたのである。

本邸《ほんてい》にしては小さすぎ、別荘《べっそう》にしては大きすぎる、なんとも中途半端《ちゅうとはんぱ》な規模《きぼ》だ。

しかし、佇まいがぃい。鼻につかない程度の装飾《そうしょく》に、手をかけすぎていない植《う》えこみ。どこの誰が主か知らないが、なかなかぃい趣味をしている。

「さぁ、知りませんねぇ。どこかの貴族《きぞく》悪魔が、別荘でも建《た》てたんじゃないですか？」

エトナが言うと、プリニーたちも今はじめて見たと口を揃《そろ》えた。

生前のクリチェフスコイのもとには、貴族悪魔が屋敷を建てればすぐに情報が入った。所在地《しょざいち》も規模も、事細かに報告が入る。それらのやり取りに直接関《かか》わってはぃなかったラハールだが、昼寝に入る直前の情報までは、充分把握《はあく》してぃる。

ラハールがじろじろと屋敷を観察《かんさつ》していると、フロンがひょいっと口を挟《はさ》んだ。

「わたし、ここのひとにお会いしましたよ」

「何？　どんなヤツだったのだ？」

「紳士的《しんしてき》なひとでしたよ。わたし、ここのひとにお城への行き方教えてもらったんです。とってもわかりやすい説明で……」

「そういうことを聞きたいのではない。名前とか服装《ふくそう》とか、そういうことを教えろ！」

（疲れるヤツめ。どうもこいつが来てから、調子《ちょうし》が狂《くる》いっぱなしの気がするぞ）

じろりとにらんでみせたが、フロンは全く気づかず考えこんでいる。

「あぁ、そうでした！」

「思い出したか？」

少々の期待を込めて尋ねると、フロンはなんとも複雑な顔でうなずいた。

「お名前聞くの忘れちゃいました。お世話になったのに」

フロンはしゅんと肩を落とし、情けない声で呟いた。やっぱり、質問と答えが今ひとつかみ合わない。

「えぇい、もういい！　貴様に聞いたオレさまがバカだった」

屋敷の主は、帰りにでも確かめればいいだろう。フロンを振り払うように、ざかざかと歩きだしたラハールを、フロンが引《ひ》き留《と》めた。

「なんだっ!?　もう貴様と話すことなどないぞ」

「いえ、そうじゃなくて……」

「扉はこっちですよ」

お気楽なエトナの声に、ラハールはハッと振り返った。

主不明の屋敷から数メートル。ひっそりと伸びた脇道《わきみち》に、小さな看板《かんばん》が立っていた。

『天界への扉はこちら』

「っ！」

ラハールはみるみる顔を真っ赤に染めた。エトナとプリニー隊が大爆笑する。

「もー、殿下ったらうっかりさん♥」

「う、うるさい！　ちょっと考え事をしていただけだ。笑うな、貴様ら笑うなぁっ！」

ラハールは拳をぶんぶん振り回しながら、脇道へ逃げこむエトナたちを追いかけ回した。

やっぱり、全ての調子が狂いっぱなしである。

＊　＊　＊

「……こうして見ると、やはり大きいですね」

感慨深《かんがいぶか》げにフロンは呟いた。

脇道に入ってすぐの砂地に、天界への扉はある。扉を取り囲む霧で向こう側がどうなっているのか全く見通せない。最初も思ったがちょっと不気味だ。

同じ扉なのに天界から見るのとはだいぶイメージが違うものである。

この扉を開くと、もうあとは大天使の待つ天界だ。肝心《かんじん》のクリチェフスコイが亡くなっていたと知れば大天使は悲しむだろうが、最後の最後で嬉しいお土産話ができただけいいだろう。

（そうよ。めちゃくちゃに見えるラハールさんたちが持つ優しい心……）

フロンは、背後から聞こえてくる彼らのやり取りに耳を澄《す》ました。

「……じゃあ、この額《がく》で手を打ってやるか」

「ですね。それほど持っていそうにないですから、妥当《だとう》な線でしょう」

ラハールと小声で話していたエトナが大きなため息《いき》をついた。

「それにしても、これは一体どういう仕掛《しか》けになっているのだ？　プリニーども、ちょっと調べてこい」

「えー、嫌っスよ。めちゃめちゃ怪しいじゃないっスかっ」

「ラハールさまの言うことが聞けんのか⁉　貴様の安日給をゼロにするのは簡単《かんたん》なんだぞ⁉」

「ダメですよ、殿下。それより手っ取り早く……ほら、行ってきやがれぇぇぇっ！」

ぶんっ！

エトナは小柄《こがら》なプリニーをむんずとつかみ、いきなり放り投げる。

「ひどいっスぅぅぅぅぅぅぅっ‼」

悲鳴とともに、小さなプリニーの姿が瞬く間に霧に埋もれて見えなくなった。

「おぉ、確かにこのほうが早いな」

「ですよね♥」

（——えーと、優しい……？）

じっとり汗《あせ》をにじませたが、フロンはぶるぶると頭を振った。

（ううん、これはラハールさんたちなりのスキンシップなのよ、きっと！　根はいいひとたち

だわ）

「ラハールさん、エトナさん。それから、プリニーの皆さん」

気を取り直し、フロンはくるりとラハールたちに向き直った。

「わざわざ案内していただいて、ありがとうございました。どうかお元気で」

風になびいた金色の髪が、その顔に降《ふ》りかかるのを払いもせず、じっと一人一人を見つめる。

エトナ、プリニー隊、そしてラハール。

しかし、フロンの青い瞳とラハールの赤い瞳が合わさったのは、ほんの一瞬。ラハールはすぐに鼻を鳴らし、そっぽを向いてしまった。

ちょっと淋しかったが、いつまでもぐずぐずしてはいられない。

フロンは丁寧《ていねい》に一礼すると、胸元のペンダントを握りしめながら扉に手を当てた。

そっと目を伏せ、呪文を紡ぎだす。ふっくらした唇《くちびる》から流れ落ちる天使言語が、歌の旋律《せんりつ》のように流れていく。

「うわ、なんかようやく天使っぽい雰囲気になってきましたね」

エトナがじっとフロンの背中を見つめながら呟いた。

フロンはすっと目を開け、厳《おごそ》かに言った。

「天界の住人、フロンが祈ります。どうか目の前の扉を開き、わたしを天界へとお導《みちび》きください」

ペンダントが淡《あわ》く発光し、フロンの華奢な体を守るように包んでいく。

「さようなら、皆さん」

溢れた光はゆっくりと、扉の接ぎ目に吸いこまれていって——。


何も起こらなかった。


「あ……あれ？」

フロンは思わず、へろへろな声を出してしまった。

開くはずだった扉は、指一本分も開いていないし、動く気配《けはい》すらない。あれほど溢れていた光も急速に力を失い、ペンダントは元通り、うんともすんとも言わなくなった。

「おかしいですね。ええと、もう一度」

フロンはごそごそと呪文を呟き始める。ところが今度は、ペンダントの発光すら起こらない。

「そ、そんなぁ」

フロンはへなへなとその場に座《すわ》りこんだ。うっすらと涙をにじませて。

（大天使様が、わたしを閉め出したなんてことはないはずだし……。ペンダントが壊《こわ》れちゃったのかしら。もしそうなら！）

フロンはがばっと起き上がり、扉を力いっぱい叩き始めた。

「大天使様、大天使様！　わたしです、フロンです。開けてくださいーっ！」

「そこまでにしておけ」

あきらめずに延々《えんえん》と叩き続けるフロンの手を、ラハールがしっとつかんだ。

「なんで止めるんですか?」

「なんで、だと? 貴様、このままトンズラする気なら容赦せんぞ」

「トンズラって、一体なんの話……」

振り返って、フロンは絶句《ぜっく》した。

ラハール、エトナ、プリニー隊が、一斉に片手を差し出していたのである。

「ええと、皆さん、どうなさったんですか?」

「どうなさったも何もないぞ」

呆然とした顔のフロンに、ラハールはさらに手を突き出した。杓子《しゃくし》のように丸めた手を、挑《ちょう》発《はっ》するようにぴくぴく動かす。

「さっさと一万ヘル払え」

「きっちり一万ヘル払ってね♥」

ラハールとエトナの言葉は、見事《みごと》に同じタイミングで発せられた。

少し遅《おく》れてプリニー隊が「オレらもちょっとでいいんでほしいっス」と続けた。

「あの、それって……」

へたりこんだまま、フロンはラハールとエトナをぼうっと交互《こうご》に眺《なが》めた。

にやりと意地《いじ》の悪い笑みを浮かべるラハール。

凄《すご》みのある薄笑《うすわら》いをしているエトナ。

表情のはっきりわからないプリニーたちでさえ、ほくそ笑んでいる気がしてくる。

なんだかものすごく気味の悪い光景《こうけい》に見えるのは……気のせいではないだろう。

ラハールはそのままフロンをのぞきこみ、ゆっくりと言い直した。

「聞こえなかったか？　ここまでわざわざ道案内をしてきた報酬《ほうしゅう》を寄こせと言っているのだ」

フロンは硬直《こうちょく》した。

（道案内の報酬？　え、だってラハールさんは散歩だって言い訳して、わたしを……あれ？　単に親切にしてくれたんじゃ？）

「あらま。完璧凍《かんぺきこお》っちゃってますねー」

ひらひらと目の前でエトナに手を振られても気づかないほど、フロンは放心《ほうしん》していた。ぐるぐると疑問符《ぎもんふ》が回り、思考回路《しこうかいろ》はぶすぶすと煙《けむり》を上げる。

（報酬……お礼はちゃんと言ったわ。それじゃダメってことは、やっぱり……）

混乱《こんらん》しきっていた思考がどうにか収《おさ》まり、フロンは素《す》っ頓狂《とんきょう》な声をあげた。

「え……えええええっ!?　お金取るんですかあっ!?」

「当たり前だっ！　なんのためにこのラハールさまがついてきたと思っているのだ？」

「散歩だって言ってたじゃないですか、殿下。本当なら、独《ひと》り占《じ》めだったのに」

苦虫《にがむし》を嚙《か》みつぶしたようなエトナの声に、ラハールが不敵《ふてき》に笑う。

「ハーハッハッハッハッ！　甘いな、エトナ。嘘《うそ》も方便《ほうべん》と言うだろう。貴様とプリニー隊の企《たくら》みを見抜いた賢明《けんめい》なオレさまが、せっかくの金づるを黙《だま》って見逃《みのが》すと思ったのか!?」

これではまるで、道案内を買って出た時点で、すでに報酬をせびろうと考えていたみたいじゃないか！　いや、無闇《むやみ》に疑《うたが》ってかかるのはよくない。

きっとこれはジョークだ。タチが悪いが、魔界流のジョークなのだ……たぶん。

「もう、からかうのはやめてください。ラハールさん、本当はすごーく優しいひとなんですもの。皆さん、親切で来てくださったんですよ、ね？　そうですよね？」

ラハールが晴れやかな笑顔を見せる。それを見て、フロンもホッとしかけて――。

むぎゅっ！

ラハールが思い切り、フロンのつやつやした頰をつねり上げた。

「何寝ぼけたことを抜かしている!?　誰が『優しい』だ？　そんなたわけた言葉を吐いたのはこの口か、この口かっ!?」

「いたたたた、痛いです、ラハールさん～っ！　どうして怒《おこ》るんですか？」

「優しいとかそういういかにも健全《けんぜん》な言葉って、殿下お嫌いですからねー」

「いい言葉じゃないですか。それに、本当のこと言ってるだけです。ラハールさんはとっても優し……」

「まだ言うか、貴様」

むぎゅむぎゅむぎゅっ！

ラハールはさらにデタラメに、フロンの頰をこねくり回す。

「ふにゅ～っ！　ほっぺた千切《ちぎ》れちゃいますよぉぉぉっ！」

「ほら、無駄なしゃべりをするヒマがあったら、とっとと金目のものを出さんか。というよりも貴様、何も出さずに天界へ戻ろうとしおったな？　踏み倒しの確信犯《かくしんはん》として、さらに一万ヘル寄こせ！」

「だ、だって、お金をとるなんて、一言も言ってなかったじゃないですか。そんなの無茶苦茶《むちゃくちゃ》ですよ！」

「うるさいうるさい！　魔界ではそれが常識《じょうしき》なのだ。何も考えずにボーっとしている貴様が悪い」

「そんなぁぁぁっ！」

フロンはじたばたともがいた。頬がめちゃちゃくちゃ痛い。

夢でもなんでもない。本気だ、ラハールは真剣に報酬をむしり取ろうとしている。

「エトナさん、助けてくださいっ！」

最後の頼み、とばかりにフロンはエトナにすがりついた。ラハールはああ言っているが、きっとエトナは違う。純粋《じゅんすい》に案内を思いついてくれたはずだ。道中もあれほど楽しく会話してくれたのだ。絶対違う。

「エトナさんは本気じゃないですよね？　親切で言ってくれたんですよね？　お願いです、そうだと言ってくださいぃぃぃっ！」

エトナはにっこりと笑い、フロンの顎《あご》に指先を添えた。

「魔界の沙汰《さた》も金次第《かねしだい》ってね。人生ギブ・アンド・テイクよ、フロンちゃん♥」

「エトナ、さん?」

「あなたが案内してほしいって言ったのよ。だから、さっさと報酬ちょうだいね。じゃないと——身ぐるみはいで放り出しちゃうよ」

赤くなった頬をぴたぴた槍《やり》で撫でられ、はじめてフロンは気づいた。

エトナの目は、全然笑っていない——と。

(だ、大ピンチです、大天使様ぁぁぁぁあっ!)

『んっふっふっふっふ』

拳を振り上げたラハールと、槍をぶら下げたエトナと、なぜかすりこぎだのを構えたプリニー隊たちがフロンに迫り寄る。一歩、また一歩とまるで死刑執行人《しけいしっこうにん》のように。

じり、っとフロンはずり下がった。頭の中でアラームがけたたましく鳴《な》り響《ひび》いている。

(逃げなくちゃ、とにかくこの場から逃げなくちゃ!)

「さぁ、金を出せ」

「う……」

「わざわざここまで送ってあげたあたしたちに」

「ううっ……」

「正当な報酬をくださいっスーっ!」

「うううううっっ……!」

どんっ! と無情《むじょう》にもフロンの背中が扉にぶつかる。額《ひたい》には、びっしりと珠《たま》のような汗が噴き出した。

逃げ場はない。アラームは最大音量。どうにかしなくちゃ。とにかく天界に帰らなくちゃ！

「わ、わかりましたっ！」

フロンは半《なか》ばヤケになって叫んだ。

「助けてもらったのは事実ですし、皆さんにきちんと報酬はお支払いします。ただしっ！」

フロンは自分を鼓舞《こぶ》するため、力強く拳を握りしめた。こういう手段《しゅだん》はあまり好きではないのだが、仕方ない。

「わたしは今、お金を持ってないんです。どうか扉を開けるのを手伝ってください。天界に戻れば、皆さんにここまで案内していただいたお礼をお渡しします」

しかし、フロンの説明にもラハールは納得いかないようだった。

「そう言って、隠し持っていたりするのではないだろうな？　オレさまが調べてやる」

「わわわわわっ、何するんですかぁぁあっ!?」

いきなりラハールがフロンの上着をめくり上げた。さらに体中を調べようとしたところで、エトナがラハールをがしっと止める。

「何してるんですか殿下、セクハラですよ。ここは、同じ女のあたしがボディーチェックを」

「しないでください！　本当になんにも持ち合わせていないんです～っ！」

ひょいっと伸ばされたエトナの手からかろうじて逃れ、フロンはぜいぜい息をついた。

少しでも油断《ゆだん》をしたらこの騒《さわ》ぎだ。根が呑気なフロンは、会話をするだけで神経がすり減っていく気がする。

「とにかく、全然お金は持っていません。皆さんへのお礼は、大天使様にきちんと理由をお話しすれば、きっとなんとかしてくださるはずです」

「だが、そのまま天界へトンズラ、などと考えているのではあるまいな？　だいたい、その大天使とやらが出し渋ったらどうするつもりだ」

「さすが殿下。見事なまでの疑いっぷりですねー。まぁ、あたしだったらそうしますけど」

エトナが、感心しているんだか茶化《ちゃか》しているんだかわからない軽口《かるくち》を叩いた。

「わたしはそんなことしません。それに、大天使様を疑ったりするのはやめてください。あの方ほどお優しくて、誠実《せいじつ》な方はいらっしゃらないんですから！」

ムッと、フロンがかわいらしく頬をふくらませた。自分を罵倒《ばとう》されるのならまだいいが、父とも慕《した》う大天使をバカにされるのは許《ゆる》せない。

しかしラハールは、完璧に侮《あなど》りきった顔で腕を組んだ。

「どうだかな？　まぁいい、その大天使とやらがどんな腐《くさ》れ野郎《やろう》だろうと、大人《おとな》しく報酬を寄こせば、オレさまには関係ない話だ」

「ですから、大天使様を侮辱するのはやめてくださいっ！」

フロンはカッと血を頭に上らせて叫んだ。

あの全てを受け入れてくれる穏和《おんわ》な笑顔も、どんな者に対しても変わらない丁寧な接し方も、何も知らないのに、勝手な決めつけをして欲しくない！

フロンのキレ具合《ぐあい》に意表《いひょう》をつかれたのか、ラハールが一瞬目を丸くした。その隙に、エトナがフロンの背中をどうどう、となだめる。

「あー、はいはい。そういうことにしといて、話進めましょ。殿下も、そうあおらないでくださいよ。さっさと報酬貰って城に帰りましょ」

「そ、そうだな。新たな魔王ラハールさまを、悪魔どもが待ちこがれているだろうからな」

「わかりました」

はっきり言って、まだ全然納得がいっていない。しかし確かに、ずっと言い争いを続けるのも不毛《ふもう》なだけだ。

それに、フロンも早く天界に帰りたいのだ。結局ラハールは冷酷で乱暴《らんぼう》だし、エトナもプリニー隊もがめついし。

もう魔界にいること自体がくたくただ。

なんでもいいから、とにかく扉を開けて天界へ戻ろう。その気持ちだけが、今のフロンを支《ささ》えていた。

「それじゃあ皆さん、いっせいに押しましょう！」

フロンは腕まくりをして、扉の前に立った。

「えーと、あたし作業《さぎょう》に使えそうなもの探《さが》してきますねー♥」

「エトナ様、逃げちゃダメっス」

「……ちっ。余計な知恵《ちえ》だけつけやがって」

いそいそと立ち去ろうとしたエトナを、即座《そくざ》にプリニーたちが取り囲んで足止めした。そんなエトナに、ラハールが鼻息も荒く言い放つ。

「エトナよ。やりたくなければやらんでよいぞ。なんならこのオレさまが、一人で開けてやるからな」

意外なことに、ラハールが妙《みょう》に乗り気になっていた。「金～金～天界の財産《ざいさん》もオレさまのもの～」と、自作の歌を口ずさみながら、入念《にゅうねん》に準備運動をしている。

（一体、どれくらいお金を取る気なのかしら？）

ちょっぴり不安になりながらも、フロンは号令をかけようと大きく息を吸いこんだ。

しかし――。

「はあああぁっ！」

（えええええっ!?）

いきなりラハールが背中にしょっていた大振《おおぶ》りの剣を引き抜いた。いつの間に練《ね》り上《あ》げたのか、魔力で生みだしたつむじ風を刃にからみつかせ、そのまま扉へと斬《き》りかかる！

「粉々《こなごな》に砕《くだ》け散《ち》れぇぇぇーっ！」

「とんでもないことしないでください、ラハールさんっ！」

「ぐえっ！」

ぐいっ、べちゃっ！

　とっさにフロンは、ラハールのマントを引《ひ》っ張《ぱ》った。つんのめったラハールはカエルのような声をあげ、無様《ぶざま》に地面に顔面を打ちつける。一度ついた勢いはそれだけでは収まらない。さらに数メートル前転《ぜんてん》したところで、ようやく止まった。ラハールはそのままぐったり地面に突《つ》っ伏《ぷ》す。

　しばらく、辺りに不気味な沈黙《ちんもく》が降りた。

「ラハール、さん？」

「…………」

「殿下、生きてます？」

「…………」

　フロンとエトナの呼びかけにも、ラハールは答えない。フロンの血の気が、一気にざざーっと引いていった。フロンは大慌てで、ラハールをがくがくと揺さぶった。

「どどどどうしましょう！　ラハールさん、目を覚《さ》ましてください。ラハールさーん！」

「フロンちゃん、殿下さらに顔色青くなってるんだけど」

「ああっ！　しっかりしてください！　こうしている場合じゃないですね。今治《なお》してあげますから！」

　フロンは目を軽く閉じると、ぺたりとラハールの胸に両手を押し当てた。そのまま癒しの呪文を唱えだすと、ほのかな光が両手から溢れ、ラハールの全身を覆《おお》っていく。

　相手が誰であれ、傷ついたひとを放っておくなんてできない。それが、フロンのポリシーだ。

幸い、ラハールの容態《ようだい》は重くなかったようだ。すぐに意識を取り戻したのを確認して、フロンはホッと胸をなで下ろした。

「よかった。大丈夫ですか？　痛いところは残ってませんか？」

状況《じょうきょう》がよくわからなかったのか、ラハールはきょとんとして数回瞬《まばた》きをした。直後、猛烈な勢いで身を起こし、フロンの胸ぐらをがしっとつかんだ。

「き、貴様っ！　なぜオレさまの邪魔をした⁉　扉を開けてほしいと言ったのは貴様だろう？おまけに首まで絞めおって！」

「ごめんなさいっ！　わたしも、ラハールさんにケガをさせるつもりはなかったんですけど……でも、間違ったことはしていません！」

いきなりラハールが、扉に斬りかかろうとしたのがいけないのだ。ただそれを止めようとしたら、偶然首を絞めてしまうことになっただけで。

(そうよ、ラハールさんの自業自得《じごうじとく》だわ。なのにどうしてこんなに言われなくちゃいけないの⁉)

フロンは非難をこめた眼差《まなざ》しで、キッとラハールを射抜いた。

「だって、あんなことしたら、扉が壊れちゃうじゃないですか。直すの大変なんですよ？」

「寝ぼけたことを言うなっ！　貴様が扉を開けろと言ったから、オレさまは扉をぶち壊そうとしたまでだ。それのどこに問題がある⁉」

髪が逆立《さかだ》つほどの音量で、ラハールは怒《いか》りの咆吼《ほうこう》をあげた。その勢いに一瞬驚いたフロンも、すぐさま立ち上がって応戦《おうせん》する。青い瞳を、らんらんと燃やして。

「問題ありすぎです！　扉を開けるのに、いきなり壊そうとするなんて乱暴すぎるじゃないですか。まずはもっと、平和的手段を考えるべきです」

「平和的、だと？」

「そうです。みんなで思いっきり押してみるとか、扉の隙間《すきま》を探してみるとか、色々できることはあるじゃないですか」

というよりも、そういう手段から試していくのが普通《ふつう》だろう。どうしてこれほどまでに暴《ぼう》力《りょく》にものを言わせようとするのか、フロンにはさっぱりわからない。

「時間の無駄だ。そんなまだるこしいことをするより、こうしたほうが手っ取り早い」

「あ、ダメですってば」

フロンの隙を突き、再びラハールが扉に斬りかかる。しかし、扉は壊れなかった。いくら斬りかかろうが殴りかかろうが、ヒビ一つ入らない。意地になって頭突《ずつ》きまでしようとしたラハールを、フロンは必死に止めた。

「ほら、やっぱり乱暴はよくないんですよ。やめてください」

「うるさいうるさいうるさぁぁあいっっ！　こんな扉、オレさまが本気になれば木《こ》っ端《ぱ》みじんなんだぁぁあっ！」

「それは、絶対に無理ですね」

（あれ？）

唐突に背後から、どこかで聞いたことのある涼《すず》やかな男の声がした。

「ずいぶん乱暴なことをしていますねぇ。美しさのかけらもないじゃありませんか」

振り向くとそこには、にっこり笑う青年悪魔が立っていた。

すらりとした長身に、タキシードを直接素肌《すはだ》に羽織《はお》り、ワイルドに決めている。見るからに肌ざわりの良さそうな、上質の生地《きじ》。洗練《せんれん》された身のこなしから見ても、貴族悪魔なのだろう。

無駄のない優雅な足取りで、青年はラハールたちのもとへ近づいてきた。

「……ああっ！」

思い出した。お世話になったのに、名前をうっかり聞きそびれてしまったあのひと。

「あなたは、親切な悪魔さん！」

「ウィ。またお会いしましたね、マドモワゼル」

青年は長い黒髪をかき上げ、ふっと端正《たんせい》な顔をほころばせた。

「さっきはありがとうございました」

フロンが深々と頭を下げた。

「いえいえ、お礼を言われるほどのことではありませんよ」

フロンの丁寧な挨拶に、青年はさらりと返した。彼こそ、ここへ来る途中にあった謎の屋敷の主、魔王城への行き方を教えてくれた親切な悪魔である。

思いがけない再会《さいかい》に、フロンは素直に喜んだ。今となっては、見返りを要求しなかった青年の親切心が、ことさらフロンにはありがたく思える。最初に彼に会ったのは、幸運なことだったのかもしれない。

「それにしても、一体どうしたんですか？　こんなところで」

「フフフ、わたくしは散歩を日課《にっか》にしているのですよ。美しい森の空気を胸一杯《いっぱい》吸うこと。このたゆまぬ努力が、美の追究《ついきゅう》へとつながっていくのです」

切れ長の目を細め、青年はうっとりと宙を見つめた。一つ一つの仕草が、どこか芝居がかっている。

「ところが、驚くじゃありませんか。にぎやかな声に誘われてやって来てみれば、先の魔王クリチェフスコイのご子息《しそく》が無体《むたい》なことをしているのですから」

「……貴様、何者だ？」

警戒心《けいかいしん》もあらわに、ラハールは尋ねた。

「フフッ、早速《さっそく》このわたくしに興味を抱《いだ》くとは。ライバルとして合格、としておきましょう！」

「誰がいつ、貴様のライバルになると言った？」

「わたくしの名前はバイアス。美と力をこよなく愛するビューティー男爵《だんしゃく》と言えば、このわたくしのことです」

白い歯をきらめかせ、バイアスはびしっとポーズを決めた。折良《おりよ》く風が吹き、見事な黒髪が優雅になびく。

「フッ、決まりましたね」

「どこがだ」

「バリバリのナルシストですね、こいつ」

「変わったひとですねぇ」

満足げに微笑んだバイアスに、すかさずラハールとエトナが突っこむ。フロンだけがにこやかだった。

「しかし、偉そうな態度のわりに、弱っちそうだな。どこがビューティー男爵なんだか。貴様はせいぜい中ボス止まりだ。よし、今日から貴様の名は中ボスだ」

「な、なんですかあなたは。このビューティー男爵に向かって、中ボスですって⁉」

バイアスの抗議に耳も貸さず、ラハールは話を続けた。

「ところで中ボス。オレさまは貴様の顔を見たこともないが」

「あー、それはそうですよ。この人はクリチェフスコイ様が亡くなってから、急激《きゅうげき》に勢力《せいりょく》を伸ばし始めた、新参《しんざん》の貴族悪魔ですから。ほら、殿下ぐっすり昼寝中でしたでしょ」

バイアスは女性には弱いのか、中ボスと呼ばれて怒っていたことも忘れ、エトナに微笑んだ。

「ウィ。よくご存じですね、マドモワゼル。そのご褒美といってはなんですが、いいことを教えてあげましょう」

バイアスは愛《いと》おしげに天界への扉を撫でた。そして、どこか状況を楽しんでいるようにフロンたちを見回した。

「天界へ通じるこの扉は、魔界側からは開けることも壊すこともできませんよ。どんな手段をもってしても、絶対に」

「そんなの困りますっ！」

声をあげたのは、もちろんフロンだった。

この扉は、そもそも何代か前の大天使が、魔界との交流を断つために作り上げたもの。フロンもそこまでは知っていた。

ところが、バイアスのもたらした情報には続きがあった。

大天使が作り上げたがゆえに、天界側からしか開けない一方通行の仕様《しよう》になっている。

つまり、ここでフロンたちがどうあがいたところで、全ては無駄なこと。

「本当にどうにかならないんですか？」

すがるようなフロンに、バイアスは非情《ひじょう》なほどきっぱりとうなずいた。

「無理です」

「大天使様のペンダントを使っても？　どれほど協力し合っても？」

「無理なものは無理です。あきらめが肝心《かんじん》なときもありますよ、マドモワゼル」

「そんなぁ……」

へなへなと、フロンはその場に崩れ落ちた。

このまま魔界に取り残されてしまうのだ。大天使にも会えないまま、一人、こんなところで。

体が勝手に、がたがた震えてくる。限度《げんど》を超えた不安で体が震えるなんて、初めて知った。

傷心《しょうしん》のフロンに、エトナとプリニー隊がさらに追い打ちをかける。

「もー、困るよフロンちゃん。それじゃ報酬の件《けん》どうするつもり？」

「こっちは生活かかってるんスよー」

「エトナさん、プリニーさんたちまで〜〜〜」

まるっきり他人事《ひとごと》の口調《くちょう》が、トドメとばかりにフロンの背中を突き飛ばす。彼らですらこんな態度なのだ。ラハールはきっと、収入の当てが外れて暴れだすに決まっている。まずターゲットになるのは、たぶん、自分だ。

「おい」

（あぁ、やっぱりっ！）

ラハールがじゃりっとフロンの前に踏み出した。フロンはぎゅっと目を閉じ、身を固くした。

「今の話、真実とは限らんぞ。簡単にあきらめるな」

（え？）

恐る恐る顔を上げると、腕組みをしたラハールが、不敵《ふてき》な顔でこちらをのぞきこんでいた。こころなしか、きつい目元がわずかにゆるんでいる気もする。

「おやおや。わたくしを信じてはくれないのですか？　嘘をつくなんて美しくないことはしませんが」

髪をかき上げるバイアスに、ラハールはびしっと指を突きつけた。

「いきなり現れた不審者《ふしんしゃ》の言うことなど信じられるか。見返りも要求せず、情報を教えるなど怪しいにもほどがある！」

「タダより高いものはないってヤツですね、殿下」

エトナの言葉にうなずき、ラハールはぱしっとフロンに言い放った。

「だから、天界へ戻れんなどと決めつけるな。メソメソしているヒマがあったら、どうやったら扉をぶち壊せるか考えろ。その頭は飾《かざ》り物《もの》か？」

フロンはぽかんと口を開けた。

（今わたし、もしかしてラハールさんに励まされたのかしら？）

言葉こそ悪いが、ラハールの言い分はきっとこうだ。

ラハールは——暴力的な手段はどうかと思うが——扉を開けようとした。

しかし、自分はどうだったろう？　バイアスの情報で、何もしないうちからもうダメだとさじを投げていた。

ひとを疑うことはよくないことだが、バイアスの情報が間違《まちが》っている可能性もある。嘘をつくつもりはなかったにしてもだ。

マイナスまで減っていたフロンの気力ゲージが、ぐんぐん上がっていく。

（そうよね。がっかりするのは、もっと手を尽くしてからでも遅《おそ》くないわ！）

「ありがとうございます、ラハールさん。わたしなんだか、勇気が湧いてきました！」

フロンはがばっと立ち上がり、まだバイアスに突っかかっているラハールの手を、ぎゅっと握りしめた。

「な、何を急に言いだすのだ？　礼を言われるようなことは何もしていないぞ？」

「ふふっ、そんなごまかさなくてもいいんですよ。ラハールさんなりの優しさ、しっかり受け取らせてもらいましたから」

「貴様、その言い方はやめろと言っただろうが！」

気味悪そうにするラハールに、フロンはとびっきりの笑顔で続ける。ぶっきらぼうな言い方も、なんだかかわいらしく思えてくるから不思議だ。

「わたし、ラハールさんのこと誤解《ごかい》していたみたいで恥ずかしいです。周りのひとのことなんかお構いなしなんて思ってましたけど、励ましてくれて嬉しかったです。お父さんもきっとこんなふうに、悪魔さんたちに気配《きくば》りができるひとだったんでしょうね」

「……親父が……どうしたって？」

ぴくり、と。ラハールの尖《とが》った耳が跳《は》ね上《あ》がり、ラハールの目つきが一気《いっき》に険悪になった。

しかしラハールの様子がだんだん変わっていくのにも気づかず、フロンは夢中《むちゅう》になって話し続ける。

「お父さんは、悪魔さんたちにとっても慕われていたんでしょう？　ラハールさんももう少し乱暴なところを直せば、すぐにお父さんみたいになれるはずです。頑張ってくださいね！」

「オレさまを……」

「さっきエトナさんも言ってたんですよ。早くラハールさんには、クリチェフスコイさんみたいに……」

「オレさまを、あんなクソ親父と一緒にするなぁっ！」

どんっ！

いきなりフロンはラハールに突き飛ばされ、地面に強く体を打ちつけられた。

ラハールは矢のような素早さで剣を引き抜くと、魔力で生み出したつむじ風をまとわせる。

悲鳴をあげる間すらない。

何が起こったかわからないまま、上体を起こしたフロンの青い瞳に、大きく剣を振りかぶったラハールの姿が映し出される。

その形相《ぎょうそう》は、まるで鬼神《きしん》。それまでの怒った顔とは、比べものにならない迫力だ。

まとうオーラは、敵意《てきい》というレベルをとっくに超えている。

そう、ほとんど……殺気《さっき》に近い憎悪《ぞうお》。

「……っ！」

まともにそれを受けたフロンの体が、その場に縫《ぬ》い止《と》められる。

いっさいの迷いもなく振り下ろされる刃を、フロンはただ黙って見上げるよりほかなかった。

(殺される！)

生まれてはじめてフロンは、冷え冷えとそう直感《ちょっかん》した。

ラハールの急激な変貌《へんぼう》の理由もわからぬまま、刃《やいば》に貫《つらぬ》かれそうになったその瞬間——。

ラハールの体が、いきなり真横に吹き飛ばされた。

「こんないたいけなマドモワゼルに真剣《しんけん》を向けるなんて、魔王を目指《めざ》す者として最低の行為《こうい》ですよ。恥《はじ》をお知りなさい!」

魔法を放った構えのまま、バイアスは苦悶《くもん》するラハールに鋭《するど》く言った。一瞥《いちべつ》に、思いもかけない凍土《とうど》のような厳しさを宿して。

すんでのところで衝撃波《しょうげきは》を放ち、フロンを救《すく》ってくれたのである。

「……あ」

助かった。どうにか、死なずにすんだ。

ガチガチに強張《こわば》った体から、力が抜けていく。フロンは長い長いため息をつき、くたりと身をその場に横たえた。

バイアスはころりと元の調子に戻り、

「自分の身は自分で守るようにしなければなりませんよ、マドモワゼル。いつでもこうして、助けが入るとは限らないのですからね」

一度ならずも二度までも世話になってしまった。フロンはひたすら感謝し、恐縮《きょうしゅく》しきった。

「フロンちゃん、大丈夫ー?」

「な、なんとか平気です」

ひよこひよこと近寄ってきたエトナにつかまって、フロンはどうにか立ち上がった。恐怖《きょうふ》の余韻《よいん》からか、マリオネットのようにぎこちない動きになってしまった。

「それにしても殿下、これはちょっとやりすぎですよ。クリチェフスコイさまは、どんなにお怒りになっても殺すまではしませんでしたよ」

エトナがしらっとした視線で、腹を押さえて咳《せ》きこむラハールを見た。痛々しい姿に胸が締《し》めつけられる。普段《ふだん》なら有無《うむ》を言わせぬ勢いで、癒しの魔法をかけるところだが……。

治さなくちゃという固い使命感《しめいかん》と、どこかためらう気持ちで心が揺らいでいた。

さっきは本当に怖《こわ》かった。バイアスが助けてくれなかったら、今頃《いまごろ》どうなっていたことか。

（でも、わたしはなんとかこうして無事《ぶじ》なのよね。それなら、天使見習いとしてやるべきことは、たった一つ。やらなくちゃ、いけないですよね？　大天使様……）

胸元のペンダントをぎゅっと握りしめ、フロンはおずおずと申し出た。

「あの、ラハールさん。よければケガを治し……」

「いらん！　このケガは貴様のせいだぞ。オレさまを、あんなでき損《そこ》ない魔王と一緒にしたから、ついカッとなってしまったではないか！」

「何を言ってるんですか。まだ魔王を継承《けいしょう》していない殿下に、クリチェフスコイ様を偉そうに語る資格《しかく》なんてありませんよ」

エトナが突っこむと、ラハールはぺっと血痰《けったん》を吐き捨て、ふてぶてしくあぐらをかいた。

バイアスが眉をひそめて、「美しくないですねぇ」と離れていった。

「息子が親父のことを言って何が悪い？　しかも事実ではないか。クソ、思い出すだけで胃《い》がむかつく！　死んでからもオレさまを不快《ふかい》にさせるとは、本当にどうしようもない親父だな」

フロンの中で、戸惑《とまど》いがどんどんふくれ上がってきた。相手は、もう亡くなっているひとだ。反論も何もできない、実の父だ。それなのにこの容赦のなさは、なんなのだろう？

「あきらめるな」と言ってくれたラハールとのギャップが強すぎる。わざわざ誤解を招《まね》くような態度を取るなんて、大損《おおぞん》もいいところだ。

フロンは、こう聞かずにはいられなかった。

「どうして、そんなにひどい言い方しかしないんですか？　そんなんじゃ、せっかくの親切もわかってもらえませんよ」

「……親切、だと？　そう言えば貴様、さっきも励ましがどうとか、妄言《ぼうげん》を吐いていたな」

「だって、あきらめるなって言ってくれたじゃないですか。あれは、わたしを心配してくれたんでしょう？」

ラハールは一瞬目を丸くした。そして何事か考えて——。

「クッ、ククク、ハーハッハッハッハッハッ！」

突然、笑いだした。何がそんなにおかしいのかわからないが、なんとなくフロンは嫌な感じがした。どこか、嘲《あざけ》るような響きが交《ま》じっていたからだ。

「本当に貴様の頭はお飾りのようだな。そこまで自分勝手に解釈《かいしゃく》できるなど、もはや芸術だな！　このラハールさまが心配など、なんの得《とく》にもならんことをしたと本気で思っていたのか？」

にやつくラハールにおでこをぐりぐり押されながら、フロンはふにゃっと眉毛を下げた。

嫌な感じが、ますます心の中にマーブル模様《もよう》を描《えが》いていく。

「オレさまはな、あからさまに怪しい男の話など、真《ま》に受けるなと言いたかっただけだ。だいたい、貴様が天界に帰れなくては、報酬の取り立てができんだろうが！」

「うぅ、それじゃ、わたしのことは……」

「単なる金づるだ」

べしん、とデコピンされ、フロンは瞳を潤ませて後ずさった。

つまり、あれは励ましではなく、バイアスへの猜疑心《さいぎしん》と金ほしさに出た言葉だったというわけだ。フロンのためを思ってとか、そんな発想は全くない。

（それなのにわたしは、励まされたんだって嬉しくて、浮かれて……）

自分が惨《みじ》めで、悔しくて、情けなくて。

それらとおでこの痛みがぐちゃぐちゃにからまって、フロンは肩を震わせた。

そんなフロンの姿に、ラハールはいっそう愉快げに笑み崩れた。そしてぽろりと、こんな言葉をもらした。

「全く、貴様のようなおめでたいヤツを寄こした大天使とやらは、相当無能《そうとうむのう》な男なのだろうな」

瞳の潤みは一瞬で乾いた。

「それって、どういう意味ですかっ!?」

フロンは猛然と立ち上がり、ラハールに詰《つ》め寄《よ》る。

ラハールも即座ににらみ返し、二人の視線が激しく絡み合って火花を散らした。

もう我慢の限界だった。

もみくちゃにされて飲みこまれたユイエの花束。

報酬を要求するラハールのにやけ笑い。

つねり上げられた頬や、おでこの痛み。

そして、大天使への暴言。

全てがフラッシュバックしていって、フロンに爆発的なエネルギーを与えた。

「大天使様が無能だなんて、どうしてそんなこと考えつくんですか⁉　ラハールさんにそんな失礼なことを言われる筋合《すじあ》いはありません！」

「フン、そんなこと見なくてもわかるわい。魔界の支配者のところへ貴様のようなボケボケ天使を送りこむことからして、大迷惑で失礼な話ではないか！　だいたい、あの親父に見習うところがあるなど、そいつの目は節穴《ふしあな》だらけでスカスカだな。まともにものを見ることすら怪しいんじゃないのか？」

「大天使様がおっしゃることに間違いなんてありません！」

フロンは金の髪を振り乱し、全力できっぱり否定した。その髪をつかもうとしたラハールの手を、フロンはすかさず打ち払った。

一瞬ラハールが怯《ひる》んだ隙に、フロンは鼻先が触《ふ》れそうなほど迫り寄って、声を限りに叫び散らす。

「大天使様の悪口を言うなんて、たとえ相手が誰であっても許しません！　謝《あやま》ってください！」

「大迷惑な野郎に、なぜ偉大なるオレさまが謝らねばならん？　口が腐るわい！」

「まぁぁあっ⁉　ひとをバカにするのにも限度があります！」

鼓膜《こまく》を突き破ってしまいそうなほど、フロンは裏返《うらが》った声を出した。

「大天使様だって、魔界が今もこんなひどいところだってご存じなら、わたしを行かせたりしなかったはずです。誰よりも天界の住人を愛してくださる方なんですから！」

「こんなところだと!?　ラハールさまを前に、よくも魔界を侮辱しおったな!?」

「本当のことを言ったまでです。ひとをバカにしたり、すぐ暴力振るったり、なんにでもお金要求したり、よくないことのオンパレードじゃないですか！」

「き、貴様っ！」

破裂《はれつ》しそうなほどこめかみの血管を浮き上がらせて、ラハールはフロンの襟元《えりもと》をつかんだ。

高々と打ち上げた拳に、魔力の炎が燃え上がる！

「そんなに気に食わんなら、今すぐこの場から消え失せろぉぉぉぉっ！」

――その瞬間。

目を開けていられないほど白い強烈《きょうれつ》な光が、天界への扉から差しこんだ。

「…………!!」

フロンは言葉にならない喜びの声をあげ、扉を熱い視線で見つめた。

なんと、うっすらと扉が開き始めていた。隙間からもれるのは、まごうことなき天界の光。

光が周囲の霧に乱反射《らんはんしゃ》し、とても幻想的《げんそうてき》な光景を作り上げている。

エトナもプリニー隊も、そして拳を振り上げていたラハールでさえも呆然と見入っていた。

どうして開いたのか、そんなことはどうでもいい。ただフロンの胸に、懐《なつ》かしさがこみ上げてくる。天界を後にしてから数時間しか経っていないのだが。

(この向こうに、天界が……)

ふらり、とフロンは扉へと踏み出した。そしてすぐ、全力で駆けだした。

背後で何事か叫び散らすラハールのことは、もう意識にない。真《ま》っ直《す》ぐな瞳が見つめているのは、扉の開いたところからのぞく天界。わずかにユイエの花畑が見えると、もうフロンはたまらなくなった。

皓々《こうこう》とフロンを照らす天界の光。一刻《いっこく》も早くそこへ飛びこむのだ。悪夢《あくむ》のような世界から、懐かしい、温かく微笑むひとのもとへ！

「大天使様、今フロンは帰ります！」

フロンは感極《かんきわ》まって、希望の光の中へ身を投じた。


——はずだったのだが。

「もう少し、もう少しだったのに、なんで待っててくれないんですか？　ああ、大天使様……」

ひゅるりーっ、と気の抜けた風が吹き抜ける中、ひたすらフロンはいじけていた。膝《ひざ》を抱え、地面を見つめたままぶつぶつと呟き続ける。

足下をよく見ていなかったフロンは、一匹のプリニーにつまずいてしまった。その目前《もくぜん》で、扉は無情にも閉じてしまったのである。

あっさりと、フロンを迎え入れることもなく。

「ハーハッハッハッハッハッ！　とんだ情けないコントを見させて貰《もら》ったぞ！」

「殿下、そこまで笑っちゃダメですよ。一応《いちおう》乙女心がざっくざくに傷《きず》ついてるみたいですから」

ラハールとエトナが、背後で配慮もへったくれもなく笑っている。こちらは思いきり傷心しているというのに、あんまりだ。

「マドモワゼル、ささ、涙をお拭きなさい」

バイアスがハンカチを差し出してくれたが、

「あ、でも鼻をかむのだけはやめてくださいね。それから、ちゃんときれいに洗濯《せんたく》してアイロンもかけて返してください」

「ううっ……」

本気で慰《なぐさ》めてくれているんだか、怪しいものだった。

本当に、魔界に取り残されてしまった。悪夢ならいつかは覚める。けれど転んだときの傷が、これは現実だとフロンに訴《うった》えかけていた。

「大天使様、本当に、不甲斐《ふがい》ないわたしを、お見限《みかぎ》りになったのですか？」

「まぁまぁ、心を落ち着けなよ。そんなことはないから」

「だって、閉められちゃったんですよ？　これからどうすればいいのか……。一人で魔界に暮らすなんて、そんな自信わたしにはありません」

「大丈夫。そのためにあたしが来たんだから。大天使様に頼まれて、ね」

「そうですか……大天使様に……って、ええっ!?」

うつむいていたフロンは、がばっと顔を上げた。

「はじめまして、フロンさん」

目の前に立っていたのは、フロンがつまずいたあのプリニーだった。

プリニー隊たちの身体が青なのに対して、このプリニーは朱色。そのせいだけではないが、どことなくプリニー隊たちと雰囲気が違う。さばさばとした語《かた》り口調《くちょう》といい、強い意思《いし》の光を宿した瞳といい、つい『姉御《あねご》』と呼びたくなるプリニーである。そのお腹には、くたびれた布のカバンをつけていた。

どうやら先ほどから独り言に答えてくれていたのは、彼女らしい。

「急なことで驚いただろうけど、まずは落ち着いて。いいね?」

ぽふぽふとフロンの背中をなでながら、姉御肌プリニーは事情を説明してくれた。

大天使がフロンを案じていたこと。帰るときが来たら、ちゃんと知らせるということ。

フロンは一つ一つに相づちを打ちながら、波立った心が静まっていくのを感じていた。

『頑張っておいで、フロン』

フロンは、温かく送り出してくれた大天使のことを思い出した。嘘なんてつくひとではない。

さっきラハールにそう言ったのは、自分自身だ。

それなのに……。

(申し訳ありません、大天使様。大天使様がなんのお考えもなく、こんなことをするはずがあ

りませんよね）

まだ完全ではないものの、どうにか深い絶望感《ぜつぼうかん》からはい上がることができた。幾度《いくど》か深呼吸してから、フロンは丁寧にお辞儀する。

「ありがとうございます、プリニーさん。おかげで少し落ち着きました」

「そう、よかった」

プリニーだけに表情の変化は読み取れなかったが、姉御肌プリニーの声は笑みを含《ふく》んでいた。

ほんわかした雰囲気の中、エトナがフロンの肩を叩いた。

「うんうん、フロンちゃんよかったねぇ。……ところで、なんか忘《わす》れてない？」

「何をですか？」

すっかり調子を取り戻したフロンは、にこやかにくるりと振り返った。

その笑顔が、瞬時《しゅんじ》に凍りつく。

ラハールとエトナ、プリニー隊が、いつの間にかフロンと姉御肌プリニーを取り囲んでいた。

「確か貴様、偉そうに約束したはずだな？」

ぼきぼきっと指を鳴らすラハール。

「約束は確か『扉を開けるのを手伝ったら』だったよね♥」

槍を地面に突き立てるエトナ。

「いったんは開いたんだから、払ってほしいっスー」

取り囲むプリニー隊。

彼らは声を揃えて叫んだ。

『なんでもいいから報酬払えっ！』

「む、無茶なこと言わないでください〜っ！」

思わず絶叫《ぜっきょう》すると、フロンは目眩を起こした。その背中をひょいっとバイアスが支える。

「おやおや、強引《ごういん》な取り立ては感心しませんね。マドモワゼルも、気軽に借金《しゃっきん》をしてはいけませんよ。安易な借金は命取りです」

「好きで払わないわけじゃありません！」

微妙《びみょう》に論点がずれていたが、フロンは悲鳴混じりに叫んだ。

報酬のことを、すっかり忘れていた。が、思い出したところでどうにもならない。

天界に当分戻れなくなった以上、無一文《むいちもん》なのは変わらないのだから。

帰るときまで待ってもらおうと思ったが、ラハールたちは延滞《えんたい》料金を取ると言い張った。さらに、ラハールの首を絞めた慰謝料《いしゃりょう》だの、税金《ぜいきん》だの、余計な料金がどんどん追加《ついか》されていく。

「…………」

フロンはだらだらと、嫌な汗を全身にかき始めた。

このままではまずい。放っておくと、天界中からかき集めても、足りない額になってしまう。

「ですから、今は払えないんですってば！　それに」

勇気を振り絞り、フロンは姉御肌プリニーをひょいっと抱え上げた。もうなりふりなんて構っていられない。

「いいですか？　皆さん。結局扉を開けたのは、天界にいたこのプリニーさんなんですよ？　皆さんは何もしてないってことになるじゃないですか！」

ラハールは鼻で笑って、姉御肌プリニーの頭をべしべしと叩く。

「バカなことを言うな。オレさまの攻撃が効《き》いていたのだ。プリニーごときが、あのクソでかい扉を開けられるわけがないだろう」

フロンはぶるぶる首を横に振り、姉御肌プリニーをぐいぐいラハールのほうへと押しやる。

「違います。大天使様がわたしのピンチを察《さっ》して、いいタイミングでプリニーさんを送ってくれたに決まってます！」

「オレさまのおかげだ！」

「大天使様のご加護です！」

言い合いになった二人の間で、姉御肌プリニーがぐるぐる目を回す。

隣《となり》でエトナが、腰に手をやってため息をついた。

「誰が開けたかなんて、どうでもいいじゃないですか。どうにかしようとしたのは事実なんですから、あきらめてもらいましょうよー」

（ど、どうしましょう……）

進退窮《しんたいきわ》まったフロンだったが、道はバイアスのこんな一言で切り開かれた。

「それならいっそ、魔王城でマドモワゼルを雇ってはいかがです？」

どうせフロンは、魔界で行き場がないのだ。ならば城で働き、その給料で報酬を支払えばいいのではないかと。

それなら踏み倒される心配もないし、確実な支払い方法というわけだ。

ぱん、とエトナが手を叩いた。

「なるほど。そうしましょうよ、殿下」

「うーむ、使えなさそうだがな」

「え、あの、わたしはまだ何も……」

あれよあれよと進んでいく話に、当事者《とうじしゃ》のフロンは取り残されていった。

「いいじゃないですか。逃げ出しそうならサクッと……。ううん、なんでもないよ、フロンちゃん♥」

「うむ、それなら。いや、しかし食費が……」

渋い顔でフロンを値踏《ねぶ》みするラハールに、バイアスが髪をかき上げつつ言う。

「おや、手荒な扱いはよくないですよ。これでも天界の使者と聞きましたからね。病気にしたり、ケガをさせたりしてしまうのはどうかと」

「そうか。天界から妙な請求が来ても面倒《めんどう》だしな。それに貴重《きちょう》な労働力、しっかり生かしておかねばな」

気がつかなかった、とばかりにラハールは手を打った。

その途端、フロンの中で何かが吹っ切れた。

こうなればとことん魔界を見て、大天使への土産としよう。ラハールのことは、反面教師にすればいい。

それに城にいれば、生前のクリチェフスコイのことも調べられるかもしれない。

（そうよ、これはきっと大天使様が、未熟者《みじゅくもの》のわたしに与えてくださった試練《しれん》に違いないわ！）

フロンはごぉぉっ！　と背中にオーラをたぎらせ、ラハールに力強く宣言した。

「ラハールさん、わたしお城で働きます。いいえ、働かせてくださいっ！」

（待っていてください、大天使様。フロンはこの厳しい魔界生活を耐え抜いて、立派に天界へ戻ってみせます！）

かくして、フロンの魔界生活が始まったのである。

第二章　魔王は誰だ？

どさどさどさっ！

「わわわっ！」

大量の本が崩《くず》れ落《お》ち、フロンは悲鳴《ひめい》をあげて転倒《てんとう》した。かつて書斎《しょさい》として使われていた薄暗《うすぐら》い部屋《へや》は、今はもう誰《だれ》も使わず、埃《ほこり》が厚く積もっている。

小さな戸棚《とだな》に雑巾《ぞうきん》をかけていた姉御肌《あねごはだ》プリニーが、ぴょこぴょこと駆《か》け寄《よ》ってきた。

「フロンさん、大丈夫《だいじょうぶ》かい？」

「けほっ！　へ、平気です。けほけほっ！　これも修行《しゅぎょう》のうちです。負けませんっ」

どうにか本の下敷《したじ》きにはならなかったが、舞《ま》い上《あ》がった埃に咳《せ》きこむ。

「それよりも、ここにもないみたいですよ。魔王《まおう》さんになる方法」

フロンに与えられた仕事は、戴冠式《たいかんしき》の資料《しりょう》を探《さが》すことだった。

クリチェフスコイの戴冠式が行われたのは、ずいぶん昔のことである。治世《ちせい》が長く続いていたので、資料のありかがさっぱりわからなくなってしまったらしい。

ラハールの指示《しじ》はひたすら大ざっぱだった。

どんな形で残っているかもわからないが、城のどこかにあるはずだ。魔王即位に関するものなら、なんでも集めてこい。

ついでに掃除《そうじ》もしておけと、バケツやら雑巾やらも渡《わた》された。

探し始めてもう二日目になるが、まだそれらしき物は見つからない。

思った以上に魔王城は込《こ》み入《い》った造りになっていて、しかも外見《がいけん》以上に広かった。全部の部屋を見て回るだけでなく、掃除までこなすのは相当《そうとう》の重労働だ。

姉御肌プリニーが助《すけ》っ人《と》してくれるのが、フロンには本当にありがたかった。

「それにしても、魔界《まかい》の仕組《しく》みって本当に天界《てんかい》と違《ちが》うんですね。空も空気も同じなのに……どうしてここまで違ってるんでしょう」

崩れた本を元通りにしながら、フロンはぽつりと呟《つぶや》いた。姉御肌プリニーという、天界を知る話し相手がいるのは心強い。彼女の前では、ついつい愚痴《ぐち》ってしまう。

「わたし、てっきり親切で案内してくれたと思ったんですよ。それなのに、お金を要求するなんて、ものすごくびっくりしました」

遠い目をするフロンに、姉御肌プリニーが苦笑《くしょう》する。

「天界ではこんなことないからね。あたしたちの仕事もボランティアだし、驚《おどろ》くのも無理《むり》はないさ」

プリニーは、もともと罪《つみ》を犯《おか》した人間の魂《たましい》を宿した生物である。彼らは自らの罪を、労働であがなうのだ。

天界のプリニーも労働はするが、仕事は掃除や洗濯《せんたく》などの軽い作業《さぎょう》が中心で、長時間働かせることはない。

ところが、魔界では違うらしい。死なない程度の重労働。それが常識《じょうしき》だそうだ。

実際《じっさい》フロンもこの数日間、嫌《いや》と言うほど常・識を味わった。資料探しの合間《あいま》にも、あれこれ細かい仕事を押《お》しつけられる。昨日など、睡眠《すいみん》時間を削《けず》って書類を印刷《いんさつ》した。よく内容は見ていなかったが、何かの連絡用《れんらくよう》だったようだ。

「でも、仕方《しかた》ないよ。今の魔界では、力と金が全てだからね。タダで他人に何かしようってヤツは、ほとんどいない」

悲しいことだけどと囁《ささや》き、姉御肌プリニーは床《ゆか》に散《ち》らばった本を拾い上げる。そしてフロンを静かに見据《みす》えて言った。

「フロンさん、魔界生まれの者以外には慣《な》れるまでが大変だよ。それはしっかりと覚悟《かくご》しておいたほうがいい」

真面目《まじめ》な声色《こわいろ》に、フロンはぱちくりと瞬《まばた》きをした。聞きかじった知識《ちしき》で助言《じょげん》した雰囲気《ふんいき》ではない。

（まるで……魔界で暮《く》らしたことがあるみたいな言い方だわ）

「あの、あなたは今まで、天界にいらしたんですよね」

「そうだけど、それがどうかしたかい？」

「なのに、ずいぶん魔界のことに詳《くわ》しいんですね」

「……！」

一瞬《いっしゅん》、姉御肌プリニーは息《いき》を呑《の》んだ。しかしすぐに平静《へいせい》になって、

「本で……そう、天界で仕事の合間に、魔界についての文献《ぶんけん》を読ませてもらったんだよ。単なる受け売りさ」

（うーん、そんな感じはしなかったんだけどなぁ）

どうにも納得《なっとく》がいかず、フロンは唸《うな》った。その埃だらけの手に、姉御肌プリニーはハンカチを渡《わた》すと、

「さて、この部屋は全部調べ終えたね。掃除もそろそろ切り上げて次の部屋へ行こうか。少しでも早く、資料を見つけなくちゃならないからね」

フロンに発言の暇《ひま》を与《あた》えず、すたすたと掃除用具片手に移動《いどう》し始《はじ》めた。うまい具合《ぐあい》に話をはぐらかされた気がする。

（でも、確かにいつまでも資料探しをしているわけにはいかないわよね。ラハールさんだって、早くしろって怒《おこ》るだろうし）

使えなさそうだ、と言われたことをふと思い出し、フロンはやる気にばっちり火をつけた。

「よぉーし、今日こそは資料を見つけて、ラハールさんをびっくりさせちゃいます！」

ぐるんぐるん腕《うで》を回しながら、フロンは気合い充分《じゅうぶん》、姉御肌プリニーの後《あと》を追《お》った。

＊　＊　＊

そのころ当のラハールは――。

ばきぃっ！

「ぐわぁぁぁぁぁっ!?」

ラハールの三倍はあろうかという巨体《きょたい》の悪魔《あくま》が、あっさり吹っ飛ばされた。痩《や》せぎすの悪魔がぼんやりした口調《くちょう》でカウントを取る。ゼロになっても吹き飛んだ悪魔はぴくりともしない。

「えー、勝者はラハール殿下《でんか》ー。これで十三連勝ですー」

「ハーハッハッハッハッハッ！　残念だったな、身《み》の程《ほど》を知るがよい！」

大振《おおぶ》りの剣を高々と突《つ》き上《あ》げ、ラハールは勝利をアピールする。賞賛《しょうさん》や野次《やじ》が大きなうねりとなって、大気を震《ふる》わせた。

ここ野外闘技場《やがいとうぎじょう》で、ラハールは野心溢《やしんあふ》れる悪魔たちを相手に、朝から一方的な試合《しあい》を繰《く》り広《ひろ》げていた。試合場を円形に囲《かこ》むように作られた客席では、多くの悪魔たちが固唾《かたず》を呑んで勝敗の行方《ゆくえ》を見守っていた。例外は、試合場の正面に設《しつら》えた貴賓席《きひんせき》で、あくびをかみ殺しながら頬《ほお》杖《づえ》をついているエトナくらいなものだ。

フロンの来た日、ラハールは魔界中にこんなお触《ふ》れを出しておいたのだ。

――正統《せいとう》なる魔王の後継者《こうけいしゃ》ラハールが、長き眠《ねむ》りから目覚《めざ》めた。ついては、クリチェフスコイの時代とは全く違う形でポストを決める。

高官《こうかん》に取り立てる条件はただ一つ。試合でラハールを打《う》ち倒《たお》すことのみ。

闘技場に来ない者は、生涯《しょうがい》下働きをさせる――。

そんなわけで闘技場は、詰《つ》めかけた悪魔たちの熱気《ねっき》で、蒸《む》し暑《あつ》くなっている。

「どうだ、このオレさまの活躍《かつやく》は？……って、エトナ、どこへ行くつもりだ！」

「……ちっ……帰って来やがったか……」

休憩《きゅうけい》を取って貴賓席にやって来たラハールは、流れる汗《あせ》もそのままで怒鳴《どな》った。エトナがこそこそと、闘技場から出て行こうとしていたのである。

エトナはやけにさわやかな笑《え》みを浮《う》かべ、

「実は殿下。お城に慣れてないフロンちゃんたちを、サポートしに行こうと思いまして。それではお先に失礼」

すちゃっと手を振《ふ》って去ろうとするエトナを、ラハールはがしっと羽交《はが》い締《じ》めにした。

「こらこらこらっ！　貴様《きさま》逃げる気だな。その笑顔があからさまにうさんくさいぞ」

「あー、もう放してください。もう飽《あ》きましたよ、こんなところ。暑いし、臭《くさ》いし、もうサイテーな気分です」

「素晴《すば》らしく格好《かっこう》いい天下無敵《むてき》の魔王のオレさまが、野心みなぎる身の程知らずの悪魔どもをバッタバッタとなぎ倒す！　腹心《ふくしん》の貴様が主人の華麗《かれい》な姿《すがた》を見届《みとど》けないでどうする⁉」

「高官決めるんじゃなかったんですか、殿下。これじゃやるヤツ誰もいなくなっちゃいますよ」

「フン、愚民《ぐみん》どもに、オレさまに刃向《はむ》かうことの愚《おろ》かしさを知らしめればそれでよし。そんなクソ細かいことはどうだっていいのだ！　ハーハッハッハッハッハッ！」

「細かくないってば、オイ」

曇天《どんてん》に高笑いを響《ひび》かせるラハールに、エトナがうんざりして突っこんだ。全身汗まみれで、瞳《ひとみ》はどんどん暗く沈《しず》んでいく。

「大人《おとな》しく、クリチェフスコイ様と同じやり方すればいいじゃないですか。そのほうが、こっちとしても面倒なくていいんですけど」

ラハールは、ぴくぴくっとこめかみを引きつらせた。

「何を言うか。オレさまは昔から、親父のやり方が気に食わなかったのだ。なんだ？　あの悪魔らしからぬ生っちょろい決め方は」

クリチェフスコイは、暗黒議会による採決《さいけつ》を経《へ》て高官を決め、直々《じきじき》に任命《にんめい》していた。不必要《ふひつよう》な諍《いさか》いを避《さ》けるためだった。

「オレさまが魔王となったからには、まずこの悪《あ》しき方法から変えていくぞ」

「……好きにしてください、殿下。その代わり、ズタボロに負けちゃったりしても、ご自分で責任《せきにん》取ってくださいよ」

「ありえないことを言うな。このオレさまの辞書に、敗北などというしみったれたものは存在しないのだ！」

ラハールはこれまで、全力を出して戦ったことなどない。この魔界に、自分と同等かそれ以上の強さを持った悪魔がいないからだと、ラハールは鼻《はな》高々だった。

だれきったのを隠《かく》そうとせず、エトナはおざなりに言う。

「あー、はいはい。どうぞ勝手にそう思いこんでてください。あーあ、クリチェフスコイ様さえ生きてらしたら、こんな試合パパッと終わらせてくださるのに……」

「なんだとぉっ!?」

どごんっ!

突然《とつぜん》ラハールが壁《かべ》を殴《なぐ》りつけ、大穴《おおあな》を開けた。拳《こぶし》を突き立てたまま、ふるふるとラハールが肩《かた》を震わす。その顔は一気《いっき》に、熟《う》れたリンゴのように変わっていた。

「貴様、オレさまがこんな試合ごとき、すぐに片づけられないとでも思っているのか？　ふざけるな、親父とは格《かく》が違うことを、今からそのだれきった頭に叩《たた》きこんでやる。よく見ておけ!」

言い捨てて、ラハールは竜巻《たつまき》のようなスピードで駆《か》け戻《もど》っていった。

くつろいでいた審判役《しんぱんやく》の悪魔を押しのけ、闘技場の中心で一人、声の限《かぎ》りに叫《さけ》ぶ。

「さあ、続きを始めるぞ。何人がかりでも構《かま》わん、遠慮《えんりょ》なくかかってこい!　オレさまが全員、叩《たた》き潰《つぶ》してやるっ!」

野太《のぶと》い咆吼《ほうこう》をあげ、出番を待っていた悪魔たちが一斉《いっせい》に飛び出してきた。間髪《かんはつ》入れず、ラハールは魔法《まほう》を叩きこむ。

三分の一ほどの悪魔が戦闘不能《せんとうふのう》。難《なん》を逃《のが》れた悪魔たちが、なだれをうってラハールに飛びかかる。もはや試合とは言えない混戦状態《こんせんじょうたい》だった。

「ハーハッハッハッハッ!　貴様らどうした!?　もっとかかってこい。もっとだ!　おい、逃げようとしてもそうはいかんぞっ！」

恐《おそ》れをなして戦線離脱《りだつ》しようとした悪魔の胸《むな》ぐらを、凶悪《きょうあく》な笑みを浮かべてラハールがつかむ。

「お、お助けを、殿下！　もう、降参《こうさん》しますから」

「甘《あま》いわ！　血反吐《ちへど》を吐《は》くまで、貴様らを打ちのめしてやる」

「ひぃぃぃぃぃぃっ！」

どごぉぉぉん！　がきっ、ぼぐっ！

ラハールは手当《てあ》たり次第《しだい》に、悪魔たちを殴りつけ、蹴《け》り飛《と》ばし、吹き飛ばし続けた。

「ハーハッハッハッハッハッ！　クソ親父のもとでぬくぬくとしていた、愚かな悪魔どもよ。己《おのれ》の目で、耳で、感覚《かんかく》全てで悟《さと》るがいい！　オレさまの偉大《いだい》さと強大さをな！　ハーハッハッハッハッハッ!!」

闘技場に集まった悪魔たちが、応援《おうえん》とも非難《ひなん》ともつかない叫びをあげていた。

貴賓席でぐだぐだ肘《ひじ》をつきながら、エトナが大きくあくびした。

「ああやってムキになるところって、本当にお子様よねー。……やっぱりフロンちゃんをだしにして城に戻っちゃおっかな」

＊　　＊　　＊

「へくちっ！」

姉御肌プリニーから借《か》りたハンカチを当てて、フロンはかわいらしいくしゃみをした。

(風邪《かぜ》ひいたのかしら？ ラハールさんが貸《か》してくれたお布団《ふとん》、けっこう薄《うす》かったし……)

フロンはずずっと鼻をすすりながら、この階最後の部屋の前に立っていた。

ほかの部屋と感じが違うドアである。重厚感《じゅうこうかん》がある、頑丈《がんじょう》そうな造り。ドアノッカーも、いかめしい魔獣《まじゅう》を模《も》したものである。

これまで見た限り、城内のドアはどれも大して違いのないデザインをしていた。ラハールの私室や議事場、謁見《えっけん》の間《ま》などは、さすがに特別な造りをしていたが。

(ということは、ここ、特別な部屋なのかしら)

念《ねん》のためノックをしてから、フロンはそっとドアを押した。しばらく使われていなかったのだろうか。手応《てごた》えが少し重く、引っかかるようだった。

「お邪魔《じゃま》しまーす」

部屋へ足を踏《ふ》み入《い》れた途端《とたん》、フロンの視線《しせん》は壁に釘《くぎ》づけになった。

(……これって！)

探し物のことをころりと忘《わす》れ、フロンは吸《す》い寄《よ》せられるように壁に近づいていく。その前には、先に部屋に入っていた姉御肌プリニーもいた。

壁には、豪華《ごうか》な額《がく》で守られた大きな絵が、一枚飾《かざ》られていた。

穏《おだ》やかな笑みを浮かべた壮年《そうねん》の男性と、しとやかでありながら、芯《しん》の強そうな表情を見せる女性。そして彼女の腕《うで》には、はにかんだ笑みを浮かべた少年が抱《だ》かれていた。

絵だというのに、彼らが互《たが》いを思い合っているのがひしひしと伝わってくる。それほど満《み》ち足《た》りた、とても温《あたた》かな家族の肖像画《しょうぞうが》だった。

フロンは胸元《むなもと》で指を組み合わせると、ほうっと夢見心地《ゆめみごこち》で呟いた。

「こんな素晴らしい絵、想像《そうぞう》とかじゃ描《か》けませんよね。魔界にも、こんな素敵《すてき》なご家族がいらっしゃるなんて……お会いしてみたいです！」

「ずいぶん気に入ったようだね、フロンさん」

はい、とフロンはにっこりとうなずいた。もしこれが、実際《じっさい》の家族をモデルにしたものじゃなかったとしたら、優《やさ》しさや愛や――あらゆる温かな心を理解できるひとが描いたことになる。

いずれにしろ、魔界にもそんな心を受け入れるひとがいるということだ。全部が全部、とんでもないひとばかりではないとわかって、フロンは得《とく》をした気持ちになった。

「大天使様がご覧《らん》になったら、きっとメロメロになっちゃうはずです。お見せできないのがちょっと残念ですね」

「ふふ、そうだと嬉《うれ》しいね」

姉御肌プリニーも気に入ったのだろう。肖像画から視線を外《はず》していなかった。

「こんな素晴らしい絵が、ひっそりと飾られているだけなんて、もったいなさすぎます。ラハールさんに頼んで、もっとばばーんと飾ってもらいましょうか」

口にしながら、フロンは我《われ》ながらいい考えだと目を輝《かがや》かせた。

「わたし早速《さっそく》ラハールさんにお願いして来ますっ！　プリニーさんも一緒《いっしょ》に行きましょう」

「ちょ、ちょっと待った！　それはやめておいたほうがいい」

姉御肌プリニーはがしっとフロンの袖口《そでぐち》をつかみ、心配そうに見上げた。

「考えてもごらんよ。きっとなんの得にもならないとか言われて終わりさ」

「そんなの、やってみなくちゃわからないですよ」

「いや、たぶんこの絵は、おおっぴらにかけてなんかもらえない。それにフロンさん、今はやらなくちゃならない仕事があるだろう？」

（……戴冠式の資料探し！）

すっかり忘れていた。確かに、それを放り出してラハールのもとへ行ったら、「そんなこと考えてるヒマがあったら、とっとと探せ！」と怒鳴られるだけだろう。

（それに、わたしが自分でお城で働くって決めたんだもの。どんなことでも、頼《たの》まれたことはやりとげなくっちゃ）

「そうですね。お願いするのは探し終えてからにします。そうと決まれば、ちゃっちゃと見つけちゃいましょう！　頑張《がんば》りましょうね、プリニーさん」

「……」

やる気を全身にみなぎらせたフロンは、それまで以上にばりばり捜索《そうさく》を開始した。もちろん、丁寧《ていねい》な掃除も忘れずに。姉御肌プリニーも黙々《もくもく》と、それを手伝《てつだ》う。

そして、この部屋を探し始めていくらも経《た》たないうちに――

「プリニーさん、プリニーさん。なんかこれ、魔王継承《けいしょう》がなんとかって、書いてありますよ！」

フロンの弾《はず》んだ声が、部屋に響き渡った。

「こ、こ、これって一体《いったい》どういうことなんですか！　悪魔さんたちみんな、ボロボロになっちゃってるじゃないですか!?」

届《とど》け物《もの》を抱《かか》えたフロンは、ラハールにくってかかった。すっかり上機嫌《じょうきげん》で闘技場に来てみれば、そこはまさに地獄絵図《じごくえず》と化していたのだ。

ススだらけ、アザだらけ、裂傷《れっしょう》だらけ――そんな悪魔たちが折《お》り重《かさ》なり、うずたかい山を作り上げている。うめきとすすり泣きの響く異様《いよう》な丘《おか》の頂点《ちょうてん》で笑うのは、もちろんラハールだ。

抜き身の剣を、勝利の御旗《みはた》のように振りかざしていた。

「ハーハッハッハッハッハッ！　実にいい眺《なが》めだ。魔界中の悪魔を全て服従《ふくじゅう》させたあかつきには、全員こうしてひれ伏《ふ》させてやる。魔界の者全てが、このラハール様の前にはチリに等しいのだぁぁぁぁっ！」

ぐりぐりと下敷きになった悪魔を踏《ふ》みつけながら、恍惚《こうこつ》として高らかに笑っていた。

「待っててくださいね、皆さん。今わたしが助けてあげますから。……てぇぇぇいっ！」

フロンはすぐさま悪魔たちのもとへ駆け寄り、折り重なった彼らの腕や足を引《ひ》っ張《ぱ》った。苦《く》悶《もん》の唸りとともに、山の微妙《びみょう》なバランスがじりじり崩れていく。

「よいしょ、よいしょ、ううううう、っ！」

「バ、バカ者！　貴様何をしているっ！　オレさまの足場が崩れてしまうではないか！」

「いいんです。ラハールさん、早くそこから降《お》りてください！　悪魔さんたち潰れちゃってるじゃないですか！」

「わざと踏み潰しているのだ！　それに貴様、こいつらをこうして積み上げるのに、オレさまがどれだけ苦労したと思っておるのだ!?」

「最初から積み上げなければよかったんです！　ううっ、もう少し……えいっ！」

すぽんっ！

一人の悪魔が山から引っこ抜けた、その瞬間《しゅんかん》──。

「だぁぁぁぁっ！」

『ぎゃぁぁぁぁっ！』

「え？　……きゃああっ!?」

ラハールと悪魔たちの絶叫《ぜっきょう》とともに、一気に山が崩れた。審判悪魔や雑用《ざつよう》をこなしていたプリニー隊たち──おまけにフロンまで巻《ま》きこんで、なだれは試合場一帯《いったい》に広がった。

もうもうと砂埃《すなぼこり》が舞い、観戦《かんせん》していた悪魔たちが咳《せ》きこみ、怒号《どごう》をあげる。

「き、貴様ああっ！　なんてことをしてくれたのだ!?　へばってないで目を開けろっ！」

真っ先に体勢《たいせい》を立て直したラハールがフロンの胸ぐらをつかんで、ばしばしっと頬《ほお》をはたいた。

目を回していたフロンは、その殴打《おうだ》で意識《いしき》を取り戻した。まだくらついていたフロンは、ぼんやり小さく一礼した。

「うう……おはようございます、ラハールさん」

「この考えなしの平和ボケ女めっ！　貴様、いきなり下から抜けば、こうなることくらい想像がつくだろう！　脳《のう》みそが腐《くさ》りきって溶《と》けているんじゃないのか⁉　オレさまの邪魔《じゃま》ばかりしやがって、この役立たずのポンコツ！」

くらくらしていたフロンは、その暴言《ぼうげん》で一気に覚醒《かくせい》した。ババッとラハールの手を振りほどいて自力で立ち上がった。

「わたし、役立たずじゃありませんっ！　ほら、ちゃんとここにその証拠《しょうこ》が……あ、あれ？」

得意満面《とくいまんめん》、包《つつ》みを突きつけようとして、目を疑《うたが》った。しっかり胸元に抱えこんでいたはずの包みは、どこにもなかった。さっと見回してみても、それらしきものは見当たらない。

（お、落としちゃったんだわ！　ぎゅーっと抱えてたのに）

フロンはさっと顔色を変え、転がる悪魔たちの間をおろおろ探し始めた。うっかり悪魔を踏みつけては平謝《ひらあやま》りを繰り返す。もう必死《ひっし》だった。

「何がしたいのだ、貴様は」

ラハールが不可解《ふかかい》そうにフロンを見つめた。

「あの、どっかに下敷きになっちゃったんです！　ラハールさんからの頼まれものが！」

「何⁉」

「ごめんなさい、一緒に探してください！」

「知るかっ！　それは貴様の責任だろう。偉《えら》そうに引き受けたんだからな、草の根分けても貴様が探し出せ。オレさまにはその間に、やることがあるからな」

「やること？　何をするんですか？」

「貴様には関係ない。黙《だま》って探しておれ」

ラハールは言い捨てると、そこかしこに伸びているプリニー隊と、貴賓席で恨《うら》めしげにだれていたエトナを呼び寄せた。

何をする気なのかとても気になるが、今自分がしなくてはならないのは、包みを探すことだ。

フロンはラハールたちの様子《ようす》に耳を傾《かたむ》けつつ、再《ふたた》び悪魔たちの中を探し歩き始めた。

＊　＊　＊

「もう、なんの用事ですか、殿下。これで試合終わりなら、とっとと悪魔たち解散させてくださいよ……」

呼びつけられたエトナは、ラハールに恨めしげな視線を送った。目ははっきり焦点《しょうてん》が合っていないし、酔《よ》っぱらいのように舌《した》は回っていない。

「まあ、とにかくオレさまの質問に答えろ。確か、試合参加の受付をしたときに、申込書を書かせたはずだな。ちゃんともれなく、全員に書かせたのだろうな？」

「はい？　……まぁ、そのはずですけど」

「ここにあるっス」

エトナが目線《めせん》で合図すると、プリニーがカバンをあさり、分厚《ぶあつ》い書類の束《たば》を取り出した。そこには参加者の氏名や居住地《きょじゅうち》などが、署名《しょめい》とともに書《か》き連《つら》ねられていた。改《あらた》めて見てみると、かなりの人数が参加していた。

「よしよしっ！　これならば、さぞかし……くくく」

こみあげてくる喜びを抑《おさ》えきれず、ラハールはにんまりとほくそ笑んだ。その不気味《ぶきみ》さに、エトナとプリニー隊が後《あと》ずさる。

「このラハール様に戦いを挑《いど》んで無様《ぶざま》に負けた、身の程知らずの者どもよ！　貴様らもようやく、オレさまに刃向かう恐ろしさが骨身《ほねみ》に染《し》みただろう！　今日の試合はこれで終了だ。これより貴様らを解放してやる。ただしっ！」

ラハールはバサッとマントを翻《ひるがえ》し、無惨《むざん》な姿で転がっている悪魔たちに言い渡した。

「貴様らの全財産《ぜんざいさん》を置いていけ。金はもちろん身につけている物まで、少しでも価値《かち》があるものは全てだ！　出《だ》し惜《お》しみは許《ゆる》さんっ！」

『な、何ぃぃぃぃぃいっ!?』

悪魔たちが、一斉に叫んだ。観客として集まっていた悪魔たちもどよめきだし、早速ブーイングがあちらこちらで起こった。

「財産まで取るとは……通知にはなかったはずでは？」

「高官を決めるための……試合だったんだろうっ!?」

「これなら、クリチェフスコイ様のやり方のほうが……マシだった……」

苦しげに息をつきながら抗議《こうぎ》する敗者《はいしゃ》たちに、ラハールはくわっと犬歯《けんし》をむき出しにして叫んだ。

「うるさい、うるさい、うるさぁぁぁぁあいっ！　ボロクソに負けた以上、貴様らはオレさまに一生服従を誓《ちか》うのだ。口答えなど許さん、黙って全てを置いていけぇぇぇぇぇっ！」

ラハールが昨夜エトナに聞いたところによると、父が死んだ直後、混乱《こんらん》に乗じて城の財宝を持ち出した不届《ふとど》きな者たちがいたそうだ。そのせいで、城の財政《ざいせい》は二年前より逼迫《ひっぱく》しているらしい。もし、財力《ざいりょく》で勢力《せいりょく》を伸ばそうという輩《やから》が出てきたら厄介《やっかい》だ。

心配の芽《め》は早く摘《つ》んでおくに限る。悪魔たちが一同に会した今が、ちょうどいい機会《きかい》だと、ラハールは踏んだのである。

「ラハールさん、ちょっと待ってください。悪魔さんたちケガだらけで、もうボロボロなんですよ。なのにお金とかまで取り上げちゃったら、これから暮らしていけないじゃないですか。かわいそうすぎますよ！」

「やかましい！　オレさまに口答えしているヒマがあったら、さっさと探し出せ。まだ見つけていないのだろう？」

「ううっ、ごめんなさい。でもせめて、生活費くらいは残してあげてくださいね」

「貴様にそんなことを指図《さしず》されるいわれはないっ！」

口を挟《はさ》んできたフロンを一喝《いっかつ》し、ラハールは眉《まゆ》を寄《よ》せた。

かつて父が、生活に苦しむ悪魔に生活費を与えていたのを思い出した。そのほかにも、父は何かにつけて『配下《はいか》のために』と奔走《ほんそう》していた。

（バカバカしい！　魔王は配下をひれ伏させ、どっしり構えてこき使っていればいいのだ！　他人がどうなろうと、オレさまの知ったことではないわ）

怒りにまかせて、ラハールは抗議を続ける悪魔たちに中指を立てた。

「おい貴様ら、いつまでもグタグタ言っているんじゃない！　不服《ふふく》なら相手をしてやる。もう一度オレさまにかかってこい！　……ただし、今度は命の保証《ほしょう》はせんぞっ！　クソ生意気《なまいき》な貴様らの体を、骨も残らぬほど木《こ》っ端《ぱ》みじんにしてやるからなっ！」

「くっ……」

悪魔たちはぐっと言葉を詰《つ》まらせた。打ちのめされた生々しい記憶《きおく》を、とっさに蘇《よみがえ》らせたのだろう。観客たちも、周囲《しゅうい》の悪魔と顔を見合わせて、うつむいた。

闘技場が、異様な静けさに包まれる。今にも暴発《ぼうはつ》しそうな感情を押し殺している、張《は》りつめた沈黙だった。

もう誰も抵抗してこないと知るや、ラハールは満足げにうなずいた。

「これでよしっ。エトナ、プリニーども！　早速こいつらからぎゅうぎゅうに搾《しぼ》り取《と》れっ！　ひとりたりとも見逃《みのが》すなよ！」

さっきまでのだれた態度はどこへやら。エトナはきらりと瞳を輝かせた。

「はい、殿下。そういうことでしたらこのエトナ、張り切ってお手伝いさせていただきまーす♥　もうけた分、ボーナス支給してくださいね♥」

「殿下、オレたちも時給上げて欲しいっス！」

「ふざけたことを言うな。これは全部オレさまのお小遣《こづか》いとするのだ！　貴様らにはビタ一文くれてやらん。とっとと行けっ！」

「ひどいっスーっ！」

ラハールに蹴り飛ばされ、プリニー隊たちはばらばらに散《ち》らばった。エトナはちゃっかり、巻き上げた金品の目録《もくろく》づくりにまわる。

うらめしげな視線を向けつつも、己の全財産を差し出すしかない悪魔たち。その光景《こうけい》に、ラハールは興奮《こうふん》でゾクゾク背中《せなか》を震わせた。

自分は勝者、彼は敗者。その差は歴然《れきぜん》、彼らに文句《もんく》を言う資格《しかく》などないのだ。

(弱った者にも容赦《ようしゃ》なく、より残酷《ざんこく》な仕打《しう》ちをっ！　これぞ魔王の醍醐味《だいごみ》っ！　そんなこともわからなかったクソ親父を祭《まつ》り上《あ》げるなど、こいつらはどうかしている。これからオレさまがじっくり、この軟弱《なんじゃく》悪魔どもをしつけ直してやるっ！)

敗者から搾り取られた財産は、プリニー隊たちの手によって、どんどん積み上げられていく。作業開始からわずかしか経っていないにも関《かか》わらず、ちょっとした小山になっている。

数時間後には、これら全てが自分のものになるのだ……！

ラハールはにやつきながら、さかさかとペンを走らすエトナに言いつけた。

「おい、オレさまは控《ひか》え室《しつ》で昼寝《ひるね》しているからな。後で呼《よ》びに来い」

「何年も寝てたっていうのに、まだ足りないんですか？　脳みそがそれ以上退化《たいか》しても知りませんよ」

「失礼なことを言うな！　お宝の山ができるのを、ただじっと待っているのも退屈《たいくつ》だからな。果報《かほう》は寝て待てとも言うだろう。いいか、必ず起こしに来いよ。ハーハッハッハッハッハッ！……っ!?」

上機嫌で踏み出した右足に激痛《げきつう》が走り、ラハールはびくんと立ち止まった。

(……今のはなんだ？)

刺激《しげき》を与えないように注意して、そろそろと足をつつく。ふくらはぎに指が触れた途端、電《でん》撃《げき》のような痛みが全身に伝わった。出血がないところを見ると、どうやら筋《すじ》を違えてしまったらしい。角度によっては痛まないため、気がつかなかったようだ。

ラハールは、きつく唇《くちびる》をかみしめた。さっきまでの夢心地に、思い切り氷水をかけられた気分だった。

「殿下？　どうかしたんですか？」

渋《しぶ》い顔で足下を見つめるラハールに気づき、エトナが首を傾《かし》げた。ケガには気がついていないようだ。

「いや、なんでもない。ちょっとしゃっくりが出ただけだ。気にするな」

「はぁ？」

エトナには、ケガのことを隠しておいたほうがいいだろう。感づかれたら最後、「クリチェフスコイ様ならケガしなかったでしょうにね」などと嫌味《いやみ》を言われるに決まっている。

(わざわざ不愉快《ふゆかい》な思いをする趣味《しゅみ》は、オレさまにはないからな)

それに、今回は特別だ。長い昼寝で体が鈍《にぶ》っていたから、調子《ちょうし》が悪かったのだ。

(そうだ、そうに決まっている。そうでなければ、このオレさまがザコ相手にケガなどするはずがない!)

うんうんとうなずいて、慎重《しんちょう》に歩きだしたとき——。

「ハーハッハッハッハッハッ! 諸君、お待ちなさぁぁぁぁいっ!」

聞き覚えのある芝居《しばい》がかった声が、闘技場にびりびりと響き渡った。

「ずいぶん派手《はで》にやらかしているようですね。相変わらず美しくないひとたちです!」

「だ、誰だ!?」

声の主の姿は、どこにも見当たらない。その場に留《とど》まっていた悪魔たちがどよめき、きょろきょろ辺《あた》りを窺《うかが》い始《はじ》める。

「……おい見ろ、あんなところにっ!」

誰かが甲高《かんだか》く叫び、びしっと指差した。

貴賓用に設《しつら》えられた天蓋《てんがい》の上に、端正《たんせい》な顔立ちの青年が、長く艶《つや》やかな黒髪をなびかせて立っている。

「殿下、あれって……」

「うむ」

ラハールとエトナは、うんざり顔を見合わせた。

あのきざったらしい悪魔。

自称《じしょう》ラハールのライバル、バイアスである。

「とおうっ!」

バイアスは力強く天蓋を蹴り、くるくるっと回転まで加えて着地した。バイアスは恍惚の表情で、顎先《あごさき》をなで上げる。

「フッ、今日も決まった」

『……』

その場にいる全員が、白々とした視線を送った。ところが本人だけは、やっぱり大満足のようである。

きらきらと爽《さわ》やかな笑顔で、バイアスは親しげに近づいてきた。

「ふふふ。やんちゃも結構《けっこう》ですが、少しはジェントルマンな振《ふ》る舞《ま》いを身につけておかないと、女の子にもてませんよ」

「やかましい、中ボスが! 余計《よけい》なお世話《せわ》だ」

ラハールはぐっと背を反《そ》らし、バイアスをにらみつけた。身長差があるから当たり前なのだが、見下ろされるのは好きではない。

しかもバイアスの眼差《まなざ》しは、そのトリッキーな行動とは裏腹《うらはら》に、妙《みょう》に冷静《れいせい》な光を放っている。

気を抜けば圧倒《あっとう》されそうな気がして、気に入らなかった。

「中ボスさん、こんにちは」

フロンが律儀《りちぎ》に立ち上がり、ぴょこんとお辞儀《じぎ》をした。

「ご機嫌《きげん》よう、天使のマドモワゼル。おや、埃だらけでどうしたんです？」

「ちょっとうっかりしてて、落とし物しちゃったんですよ。大事なものだから、急いで探しているところなんです。だから今日は、ご挨拶《あいさつ》だけで失礼しますね」

「ふむ、探し物ですか……」

もう一度お辞儀してから作業に戻ったフロンを見下ろし、バイアスが何やら面白《おもしろ》そうに呟いた。思わせぶりなその態度が焦《じ》れったくて、ラハールはイライラ問いただす。

「そんなことより貴様、今頃《いまごろ》何をしに来た？　試合はとっくに終わったぞ」

「試合ですって？　フフッ。そう言えばそんな手紙も来ましたね」

「それじゃあ、貴様は何をしに来た？　また散歩だとか言うんじゃないだろうな」

バイアスがラハールをのぞきこむようにかがみ、白い歯をきらんと輝かせて笑った。

「ここに来た目的はただ一つ。魔王の任命書を探しに来たのですからね」

「……魔王の任命書だと？」

ぴくり。

思いがけない言葉《ことば》に、ラハールは尖《とが》った耳をひくつかせた。

「そうですよ。先の魔王クリチェフスコイのご子息《しそく》であるあなたなら、当然知っているでしょう？」

バイアスはいきなりがばっと両手を揚《かか》げ、朗々《ろうろう》と語りだした。

「魔王の座《ざ》を得《え》るために必要なアイテム、魔王の任命書！　手にして署名をした瞬間、溢《あふ》れる神々《こうごう》しい光！　それに照《て》らされてはじめて、次代の魔王として、華々《はなばな》しいデビューを飾ることができるのですっ!!」

その途端、急に闘技場が騒《さわ》がしくなった。試合に出た者も観客も、その場にいる全ての悪魔たちがどよめいた。

「殿下。任命書があるって話、クリチェフスコイ様から聞いてましたっけ？」

「知るか、そんなもの。あのクソ親父のことだ。うっかり言い忘れてた、なんてことはあるかもしれんがな。だいたい、怪《あや》しさ二百パーセントの男がもたらす情報など、当てになるか！」

エトナの言葉に、ラハールはふんっとそっぽを向いた。バイアスは愉快げに、

「あなたが信じようと信じまいと、わたくしには興味《きょうみ》はありません。ただーしっ！」

ばしん、と引《ひ》き締《し》まった胸板《むないた》を叩き、芝居がかった口調で高らかに宣言《せんげん》する。

「魔王の任命書をわたくしが手にしたあかつきには、あなたよりもっと美しく素晴らしい魔王になれるだろうと、このビューティ男爵《だんしゃく》バイアス、断言《だんげん》いたしましょう！」

「貴様、今のは聞き捨てならん！　それではまるで、このオレさまでは魔王として役者不足というふうに聞こえるではないか。どういう意味なのか説明をしろ、説明を！」

「フフフ、解釈《かいしゃく》はご自由に」

思わせぶりに微笑《ほほえ》んだだけで、バイアスは軽《かろ》やかに地を蹴った。スマートな体で軽々と、闘技場の外壁《がいへき》に飛《と》び移《うつ》る。

「こら待て貴様！　オレさまの質問に答えんか！」

「これ以上、ライバルに塩を贈《おく》るつもりはありませんよ。わたくしの言いたいことは、あなたがよーく考えることです。それでは皆さま、機会がありましたらまたお会いしましょう！　とぉぉぉぉうっ！」

しゅたたんっ！

登場したときと同じように、バイアスはあっという間に去っていった。

悪魔たちのざわめきが、どんどん大きくなっていく。

「今の聞いたか？」

「あぁ。任命書などがあるとはな」

「殿下はまだ手に入れてないらしいな。つまり、正式な魔王ではないわけか」

「じゃあオレが任命書を手に入れれば……」

観客はもちろんのこと、ふらふらしていたケガ人たちまで身を起こし、うわごとのように呟きだした。先ほどまで屈辱《くつじょく》と恐れに沈んでいた彼らの瞳は、らんらんと輝きだしている。あわよくばのし上がろうとする、野心のもたらす光だ。

ラハールが頬に一筋汗を流しながら、悪魔たちに怒鳴りつけた。

「き、貴様ら、何を考えている!?　任命書などと、そんな降《ふ》って湧《わ》いた話、信じるというのかっ!?　それに貴様ら、肝心《かんじん》なことを忘れるな。貴様らはオレさまに無惨に負けたんだぞ。仮に任命書などがあったとしても、正式な後継者はオレさまだ！　妙な気を起こすのは許さぁぁああぁんっ！」

しかし、騒ぎは一向《いっこう》に収《おさ》まらない。そしてとうとう誰かが叫んだ。

「魔王の任命書はどこだ!?」

どどどどどっ！

闘技場を埋《う》め尽《つ》くした悪魔たちが、一斉に出口へと殺到した。

＊　＊　＊

「きゃあああっ!?」

べしべしっ、ごろんっ！

押し寄せる悪魔たちの大群《たいぐん》に、フロンは出口近くまではじき飛ばされた。包みを探すのに夢《む》中《ちゅう》で、ろくにラハールたちのやり取りを聞いていなかったため、身構えることすらできなかったのである。

(何、一体何が起きたって言うの!?)

「いたたたたっ、皆さん、押さないでくださいっ！　事情はよくわかりませんけど、外に出るときは順番に並んで、前からゆっくりと……むぎゅ!?」

次から次へとやって来る悪魔たちに蹴り倒され、倒れ伏したところをさらに後ろから来た悪魔に踏みつぶされる。呼《こ》吸《きゅう》がうまくできず、フロンはじたばたもがいた。

(このままじゃ、紙みたいにぺらぺらになっちゃうわ)

「う〜っ！　う〜っ！　……んんっ？」

こつん。

起き上がろうと両手をばたつかせていたフロンの指先が、ふと何かに触れた。どすどすと踏み下ろされる足の合間を縫《ぬ》って、懸命《けんめい》にそれをたぐり寄せる。角張《かくば》っていて、布で丁寧《ていねい》にくるまれているもの。ずっと探していた、あの包《つつ》みである。

「あったぁぁぁぁっ！　大事な大事な探し物、ようやく見つけました！」

フロンはパッと目を輝かせ、放すもんかと包みを抱《だ》きしめた。

声を聞きつけたラハール、エトナ、そしてその場にいる悪魔たちの視線が、一斉にフロンへと向けられる。

しかし見つけ出した嬉しさで興奮しきっていたフロンは、注目されていることに気づかないままま くし立てる。

「見てください、ラハールさん！　ほらほら、わたしちゃんと見つけましたよ！　わたしだってちゃんとお役に……あれ？」

しん……と、辺りが完全に静まった。

包みに愛《いと》おしげに頬ずりをしていたフロンも、ようやく注目されていることに気がつき、動きを止めた。

「あの、皆さん。どうかなさったんですか？」

「フロンちゃん、それってもしかして……」

悪魔たちの波を逃れて遠くから見ていたエトナが、ぽつんと呟いた。

「魔王の任命書だったり、する?」

『寄こせぇぇぇぇぇっ!!』

「きゃあああああああああああっっっ!?」

余計な一言で、状況《じょうきょう》はさらに悪化した。

野望《やぼう》むき出しの悪魔たちが、一斉にフロンへと殺到《さっとう》する。ただでさえぎゅうぎゅう詰めだったのに、フロンはさらにもみくちゃにされた。

華奢《きゃしゃ》な体がぐいぐい押され、呼吸すらままならない。息苦しさと、鼓膜《こまく》を破らんばかりの騒《そう》音《おん》にさいなまれながらも、フロンはしっかりと包みを抱えこんだ。

(これだけは守らなくっちゃ。ちゃんとラハールさんに渡すまでが、わたしのお仕事だもの!)

「やめんか貴様ら、静まれ! えぇい、どけどけっ! オレさまを通さんか!」

ラハールが群がる悪魔たちを引き剝《は》がしつつ、こちらへ向かってくるのが見えた。

悪魔たちの手はひっきりなしに伸びてくる。苦しくて、フロンはだんだん意識が朦朧《もうろう》としてきた。もう少しで手が届く、というところから進めず、苛立《いらだ》ったラハールが叫んだ。

「いいか、絶対《ぜったい》にそれを放すなよ! 今オレさまが行くからな」

(もちろんですよ……、ラハールさん……わたしは絶対……放したりなんか……)

フロンの意識は、ますます霞《かすみ》がかっていって——。

「おい、こらしっかりしろっ! クソ、邪魔だ貴様らぁぁぁぁあっ!」

どごぉぉぉぉぉんっ！

魔法の風がふくれ上がり、周囲の壁まで巻きこんで、悪魔たちを威勢《いせい》よくはじき飛ばした。

「っ！」

よろよろのフロンも大きく吹き飛ばされ、地面に何回もバウンドした。

ぱらぱらと破片《はへん》が舞い散る。出口付近は完全に崩壊《ほうかい》してしまっていた。

その場に立っているのは、肩を激《はげ》しく上下させたラハール、そして難を逃れたエトナのみ。

あとは瓦礫《がれき》と、ススだらけの悪魔たちが転がっていた。

駆け寄ってくるラハールに、フロンはにっこりと微笑んだ。

「ラハールさん、わたしならこの通り……」

「おい、無事《ぶじ》か!?　オレさまの任命書はっ!?」

（ええっ!?）

がばっ！

ラハールはボロボロで倒れるフロンに目もくれず、抱えていた包みをもぎ取った。はじき飛ばされたときも、しっかり守り抜いていたのである。

「おおっ！　これかっ！」

包みを持って小躍《こおど》りするラハールの姿に、フロンは愕然《がくぜん》とした。直後、ふつふつと湧いてきた怒《いか》りが、よれよれの体にエネルギーとなって蓄積《ちくせき》される。

フロンはバネのように起き上がった。

「ちょっと、ラハールさんっ⁉ あんまりじゃないですか！ わたし、ちゃんと探し物見つけたし、守りきったんですよ？ それに、すぐに乱暴《らんぼう》するのはよくないって、前にも言ったはずですっ！」

心配などしてくれないだろうと思っていたが、ありがとうの一言くらいは言ってくれるかと淡《あわ》い期待《きたい》をしたのだ。助けに来てくれたのかと一瞬《いっしゅん》思ってしまったことも、余計にフロンの悔《くや》しさをあおった。

むくれるフロンに、ラハールは不本意《ふほんい》だと言わんばかりに嚙みついた。

「バカ者！ 貴様、あのままもみくちゃにされて、ノシイカ状態《じょうたい》になってもよかったのか⁉ 悪魔どもを吹き飛ばす以外にどうにかできたなら、今すぐその方法を言ってみろっ！ オレさまが納得するまで、とことんな」

「あ」

フロンが、目を点にした。

あのとき意識は朦朧としていたし、身動きできないほど悪魔たちが密集《みっしゅう》していた。確かにあの状況では、どうにもならなかっただろう。

理由はどうあれ、ラハールに助けてもらったのは事実なのだ。

ならば、まずお礼を言うのはこちらだ。

「そう言われれば、そうですね。ラハールさんに助けてもらわなかったら、わたし今ごろぺったんこです。助けてくださってありがとうございました、ラハールさん。お礼が遅《おく》れてごめんなさい」

　フロンはぺこりとお辞儀をした。腰《こし》からきっちりと折る、丁重な一礼である。

　まさかあっさり礼を言われるとは思っていなかったのか、ラハールはたじろいだ。

　何かしてもらったらお礼を言う。悪いことをしたと思ったら謝る。ごくごく自然なことなのに、どうして不可解そうな顔をするのだろう？

「天界の住人はみんな貴様のように……」

　言いかけて、ラハールは頭を振った。

「いや、いい。聞くだけ時間のムダだな。話はこれくらいにして、さっさと城へ戻るぞ！」

「待ってください、殿下。それって結局なんだったんです？」

　包みを抱えてきびすを返したラハールを、エトナが引《ひ》き留《と》めた。ラハールはしっかりと包みを抱え、ぶるぶる首を横に振った。

「知らん、これからオレさまが一人でじっくり確認する。貴様には見せてやらん！」

「えー、殿下のケチ！　ちょっとくらいいいじゃないですか」

「こら、触《さわ》るなエトナ！　……おおっ!?」

　ばさばさっ！

　ラハールとエトナがもみ合った拍子《ひょうし》に包みが解《と》け、中身が転がり落ちた。

「……任命書では、なさそうだな」

　黒く厚い表紙には、銀色の文字で『クリチェフスコイ・記』と書かれている。生前のクリチエフスコイが遺《のこ》した手記なのだ。もみくちゃにされたせいか、表紙までぼろぼろになっていた。

「一生懸命《いっしょうけんめい》守ったんですけど、ダメだったみたいですね」

「見つけたのは、これだけか？」

手記と同じくらいよれよれのフロンは、申し訳なさそうに肩を落としてうなずいた。

「はい。ほかに、資料になりそうなものはなかったですよ。あの、ラハールさんが探していたのって、これじゃないんですか？」

「いや、読んでみなければわからん。まぁいい、貴様はあのプリニーとともに、もう一度城内をじっくり探せ。ノミ一匹見逃すな」

眉を寄せたまま命じ、ラハールはのしのしと闘技場を出て行った。

「あ、殿下。あたしにも中身見せてくださいってば！　いつもクリチェフスコイ様のこと散々《さんざん》に言ってるんですから、あたしに見せてくれてもバチは当たりませんよ」

「ラハールさん、わたしにもじっくり読ませてください。大天使様がおっしゃっていたクリチエフスコイさんのいいところ、見つけなきゃいけないんですから」

「うるさい、うるさい！　貴様らは大人しく仕事の続きに戻れ!!」

フロンと、いつもよりちょっと語気《ごき》を強めたエトナを振り切り、ラハールは威嚇《いかく》しながら城へ戻っていった。

もう一度悪魔たちに、妙な気を起こすなと念を押して。

ある。

＊　＊　＊

「はい、これで大丈夫ですよ。お大事に」

凜々《りり》しい悪魔の出血が完全に止まったのを確認して、フロンはかざしていた手を離《はな》した。先ほどまでおびただしい流血に苦しんでいた彼も、フロンの癒《いや》しの魔法によりすっかり元通りである。

ラハールが城へ戻っていった後からずっと、フロンはこんな調子でケガ人たちを治《なお》し続《つづ》けていた。試合やもみ合いでケガだらけの悪魔たちを、どうしても見過ごせなかったのである。

気がついてみれば、先ほどまで延々《えんえん》と続いていた順番待ちの列も、もう最後尾《さいこうび》がはっきり見えていた。

無言《むごん》のまま去っていく悪魔を笑顔で見送って、フロンはぐっと伸びをした。空気が抜けた風船のように、全身がだるくて重い。

（まだよ、フロン！　まだ順番を待っているひとがいるんだもの。頑張らなくっちゃ！）

フロンは気合いを入れ直して、別の悪魔に癒しの光をそっと注ぎこみ始めた。

「フロンちゃん、疲《つか》れてるんならそんなことやめちゃえば？」

没収《ぼっしゅう》した悪魔たちの金品《きんぴん》を数えながら、エトナが呆《あき》れる。ポケットがわずかにふくれている気もするが、気のせいだろう。横ではプリニー隊が、数え終わった財産を荷車《にぐるま》に積んでいた。

「そんなわけにはいきませんよ。困っているひとを放ってはおけないです。それに、もうちょっとですし。ラストスパート、頑張りますよっ！」

「ふーん。タダなのに、よくやるよねー」

（まただわ。わたしにとって当たり前のことが、皆さんにはわかってもらえない……）

フロンにとって、目の前のケガ人を助けるのは『当たり前』の行為《こうい》である。

ところが魔界では違う。道案内も、傷ついたひとを心配することすらも。自分に利益《りえき》のないことを進んでやるのは、おかしいことだとされてしまうのだ。

でも、そんなのは淋《さび》しすぎる。魔界生まれ以外の者が慣れるのは大変だ、と姉御肌プリニーは言っていた。しかし、そんな悲しい生活になんて慣れたくない。

（今はこうして魔界にいるけれど、助けを求めているひとは放っておかないわ。お金なんか絶対要求したりしない。それだけは守り通します。ご加護《かご》を、大天使様……）

フロンは、その決意と同じくらい固くペンダントを握《にぎ》りしめた。

計算を終えたエトナが、荷台の縁《ふち》にひょいっと腰かけた。

「なんかさ。フロンちゃんの言うことって、誰かに似《に》てるって思ってたんだけど、やっと思い出したわ。王妃様《おうひ》に似てる。すっごく」

「王妃様？　もしかして、ラハールさんのお母さんってことですか？」

「そう。それから……クリチェフスコイ様を夢中にすることができた、唯一《ゆいいつ》のひと」

エトナはふと、遠い目でうなずいた。

（そう言えば、ラハールさんから一度もお母さんのことって聞いたことなかったわ。クリチェフスコイさんのことは、散々バカにしてるのに……）

ラハールがいなくて、仕事も一つ終えた今がいいチャンスかもしれない。

フロンはエトナに、ラハールの両親のことを尋《たず》ねた。クリチェフスコイとラハール、二人に仕えた人物に聞くのが一番だと思ったのだ。

エトナはぽりぽりと頬をかき、

「教えてもいいけど、情報代ってことで、請求額《せいきゅうがく》にきちんと上乗《うわの》せするからね」

「う……。わかりました」

「じゃ、交渉《こうしょう》成立ね。じゃ、早速行きましょ♥」

エトナは急にご機嫌になり、荷台から飛び降りた。そのままフロンの手をがっしりとつかみ、引きずるように歩きだす。

「あのっ、まだ悪魔さんたちの治療《ちりょう》終わってないんですけど」

「そんなの後、後！　クリチェフスコイ様たちのこと、知りたいんでしょ？　いつあたしの気が変わるか、わからないんだからね」

エトナがいたずらっぽく微笑んだ。

「ほら、あれがクリチェフスコイ様と王妃様。ついでにちっちゃい殿下」

クリチェフスコイの私室だったというその部屋で、エトナが誇《ほこ》らしげに肖像画を指差した。

シニカルな彼女にしては珍しく、秘密の宝物を見せるかのような浮き立ち方である。

フロンはあまりの驚きに、ぽかんと口を開けた。この部屋は、クリチェフスコイの手記を見つけたあの部屋。つまりエトナが見せてくれたのは、穏やかで満ち足りた様子で強い印象を与えてくれた、あの肖像画だったのである。

(まさか、これがクリチェフスコイさん一家だなんて)

もう見たと聞いたエトナは、一瞬つまらなそうに口を尖らせたが、

「じゃ、もう一回よーく見てよ。クリチェフスコイ様の立派《りっぱ》さが、絵からもわかるような気がするでしょ?」

ますます誇らしげに胸を張ってみせた。

クリチェフスコイは、口ひげも銀髪もきちんと整《ととの》えた壮年の男性。マントもスーツも黒でびしっと決めていながらも、穏やかな笑みが堅苦《かたくる》しさを薄くしていた。

その隣《となり》で微笑む王妃は真《ま》っ直《す》ぐな瞳に強い意思を宿した、ちょっと気の強そうな女性である。長く豊かな髪が流れ落ちる細い肩には、クリチェフスコイの手がしっかりと置かれていた。

そして、彼女の腕にしっかりと抱かれているのは——。

「あの、エトナさん。本当にこの子、ラハールさんなんですか?」

フロンは尋ねずにはいられなかった。

ラハールには悪いが、今のラハールとこの絵の少年のイメージは、だいぶ違う。

やんちゃそうな雰囲気や、少々目つきの悪いところは確かに今に通じるものがある。

ところが絵のラハールは、素直に笑っているのである。邪気《じゃき》のかけらもない、清々しいまで

の笑顔だ。

「正真正銘《しょうしんしょうめい》、殿下のちっちゃいころよ。なーんか信じられないけどね」

からからと笑い飛ばした後、エトナはクリチェフスコイの思い出を語《かた》りだした。一つ一つの言葉を噛みしめながら。

「クリチェフスコイ様はね、とにかく立派で素敵な方だった。この方ならあたしたち家臣《かしん》を守ってくれる。そう感じたから、あたしは精一杯《せいいっぱい》お仕《つか》えしてたの」

城に仕え始めた頃、庶民《しょみん》出身のエトナは色々と大変な目に遭《あ》った。冷たくあしらわれたり、大事にしていたペットがむごい仕打ちに遭ったり。

幼さや新入りという立場もあって、ただ泣きながら耐《た》えるしかなかったエトナに声をかけたのが、クリチェフスコイだったのである。

彼は、うまくまとまらないエトナの話にもじっと耳を傾け、力を貸し続けたという。

「とっても優しくて、紳士的な方だったんですね」

「優しいとか、そういう感情はあたしよくわからないけど……。とにかく、この方にずっとお仕えしたいって思ったの。クリチェフスコイ様はね、あたしに話しかけるとき、いつもこのツインテールをつんつんって、二回引いたのよ」

エトナが自慢げに笑った。ちょっと間を置いてから、今度はやや乾《かわ》いた口調で話を続ける。

「それで、王妃様なんだけど……ちょっと変わった方でね。優しさだの思いやりだのって、よく殿下に教えようとしてたのよ」

「それのどこが変わってるんですか？」

フロンだって、いつか子供ができたなら、そういった感情の大切さを覚えさせるだろう。

ちっちっち、とエトナが指を振った。

「いやー、甘いなフロンちゃん。天界ではそうかもしれないけど、ここは魔界だよ？　ま、無理もないかもしれない。だって王妃様、人間だったからね」

「え、悪魔じゃなかったんですか!?」

びっくりして、フロンは声を張り上げた。天界ほど完全にシャットアウトされてないとはいえ、人間界と魔界の交流も、それほど活発ではなかったはずである。

「そう。魔女修行で魔界に来たときに、クリチェフスコイ様がどういうわけか一目惚《ひとめぼ》れしちゃったらしいの。で、周囲の反対押し切って結婚したってわけ」

フロンはほうっとため息をついて、もう一度肖像画を眺めた。言われてみれば、肩に回されたクリチェフスコイの手は、彼女を離すまいとしているようにも見える。

（素敵なご両親だったんだわ）

フロンはどきどきと胸を高鳴らせ、赤らんだ頬にそっと指先を寄せた。

当然の疑問がフロンの脳裏《のうり》に浮かんできた。

じゃあ、どうしてラハールはあんなふうに育ってしまったんだろう？　肖像画を一目見ただけでもわかるほど温かな家族に囲まれて、無邪気に笑っていたというのに。

「うーん。殿下の前でこの話したら、絶対怒りだすと思うんだけど……」

素直《すなお》に尋ねると、エトナは一瞬宙《ちゅう》をにらんでから、そっとフロンの耳元で囁いた。

「王妃様ね、ある事件で死んじゃったのよ。たぶんそのせいだと思う」

「事件？」

エトナが神妙《しんみょう》な顔つきでうなずく。そしてそれっきり、くるりと背《せ》を向けてしまった。これ以上の追求《ついきゅう》を許さない厳《きび》しさが、そこはかとなくにじんでいて、フロンは詳しいことを聞きそびれた。

「ともかく、殿下にはもっと、クリチェフスコイ様みたいになってもらわなくちゃ。今の殿下は、クリチェフスコイ様に遠く及《およ》ばないもん」

「確かに、お話伺《うかが》ってるだけでも、全然違うタイプみたいですもんね」

「でしょ？　……やっぱり、何かきっかけがないとダメなのかしらね」

それは、よく耳を傾けていなければわからないほど、かすかな呟きだった。

（エトナさん？）

フロンはぴりっと張りつめた何かを感じて、目を見張《みは》った。


魔界の夜は、全てを塗《ぬ》りこめてしまうような深い闇《やみ》の降りる時間。悪魔にとっては、なんとも言えぬ安らぎを与えてくれる、母なる深淵《しんえん》なのだという。

肌寒さに首をすくめながら、フロンは城の廊下《ろうか》を歩いていた。その手には、ティーポットとカップの乗った銀のトレイ。今日の仕事の報告がてら、ラハールの部屋へ向かうところだった。

魔界で過ごす夜はこれで三回目だが、やっぱり不気味な底知れなさに身を縮《ちぢ》めずにはいられない。

城はいつになくざわついていた。魔王の任命書を探す悪魔たちが、闇に紛《まぎ》れて闊歩《かっぽ》している。

(皆さん、宵《よい》っ張《ぱ》りなのかしら? ぐっすり寝ないと健康にもよくないのに。……あら?)

ふとフロンは、くぐもった声がするのに気づいた。あまりにかすかで、よく注意しなければわからない言葉。

二度、三度と繰り返される言葉に耳を傾けるうち、フロンはハッと顔を強張《こわば》らせた。

『誰か、ここから、出してくれ』

「大変!」

慌てて声をたどったフロンは、地下に行き着いた。

掘《ほ》り出《だ》したままのごつごつした岩の壁に鉄格子《てつごうし》がはまった部屋が並《なら》んでいるところをみると、どうやら牢屋《ろうや》らしい。助けを求める野太い男の声が不気味に木霊《こだま》していた。廊下に使われているよりもちびたろうそくが、頼りない炎《ほのお》を揺《ゆ》らしていた。

通路には人影《ひとかげ》はない。きっと牢番も、任命書探しに行ったのだろう。

「あの……どこにいらっしゃるんですか?」

フロンは勇気を振り絞り、声をかけた。一瞬の間の後、男が「ここだ」と答えた。

独房《どくぼう》に、がっしりとした二本角の悪魔がうずくまっていた。壮年で貴族然としていたが、ゆったりとしたマントはボロボロで、鋭《するど》い瞳はどんより沈んでいた。

足下に描《えが》かれた五紡星《ごぼうせい》の魔《ま》法陣《ほうじん》が、ちかちかと点滅《てんめつ》していた。そこから消えかかった光の壁が生まれ、男の体をすっぽりと覆《おお》い隠《かく》している。

「これは驚きましたね。久しぶりの客人が、こんな小さなお嬢《じょう》さんとは」

男はにやっと笑った。落ち着いて丁寧な物腰に、フロンはちょっと緊張《きんちょう》を解《と》いた。

彼は冤罪《えんざい》で囚《とら》われ、ろくに弁明《べんめい》も聞いてもらえないまま、こうして幾年《いくねん》も閉じこめられているのだと言う。

「ひどいです。理由も聞いてもらえないで、一方的に捕《つか》まえちゃうなんて！」

怒りに震えるフロンに、男はちらっと微笑んだ。

「あのとき、偶然《ぐうぜん》とはいえ疑わしい行動を取ってしまったのもいけなかったかもしれません。どんなに後悔《こうかい》しても、もう遅《おそ》いのですが……」

フロンは胸が苦しくなってきた。男は長いこと、悪いこともしていないのに一人で閉じこめられていたのだ。自らを責《せ》める男の姿は、ひとを傷つけても平然としているラハールとは正反対だ。先の見えない魔界生活を続けるフロンには、男の淋しさや孤独《こどく》が嫌と言うほどわかる気がした。

「わかりました。わたし、あなたをここから出してあげますっ！」

「本当ですか、お嬢さん？」

「嘘《うそ》なんか言いません。どうやったら、ここからあなたを助けてあげられるんですか？」

フロンは鉄格子の隙間《すきま》に懸命に指を差し入れ、男の指示に従《したが》って魔法陣の一部分を消した。

と同時に、男を長いこと苦しめていた光の戒《いまし》めが解かれた。男は簡単《かんたん》な呪文《じゅもん》を唱《とな》えると鉄格子を出て、ふうっと長く息をつき、フロンににっこり笑いかけた。

「ありがとう、お嬢さん」

「……！」

自然に男からこぼれた感謝《かんしゃ》の言葉。魔界に来てようやく聞けた言葉に、フロンはみるみる頬を赤くした。

（魔界にも、やっぱり優しさや感謝の心はあるんだわ。わたしの思いこみじゃなかった！）

「ど、どういたしましてっ！　あの、ところであなたのお名前は？」

興奮で声をうわずらせながら、フロンは尋ねた。嬉しいこの出会いを、無駄にしないために。

男は愉快そうに告《つ》げた。

——マデラス、と。

＊　＊　＊

城に蠢《うごめ》く悪魔たちのざわめきは、ラハールの部屋にも届いていた。

ラハールはこもりっきりで、クリチェフスコイの手記を読んでいた。落ち着きのない足が、かたかたとイスを細かく揺らしている。

期待《きたい》していた情報は、ほとんど得られなかった。

破れていたり、くしゃくしゃになって読み取れなかったり、ほとんどのページが何らかの形で破損《はそん》していたのだ。昼間のもみ合いは、思っていたより大きなダメージを与えていたらしい。

（あいつがきっちりガードしてればよかったのだ）

ふと思い浮かべたフロンの顔に、ラハールは八つ当たりをした。続けて申し訳なさそうに眉を寄せたフロンも思い出したが、そっちはぐしゃぐしゃに丸めて記憶の底に放りこんだ。

（それにしても……なんだ、この手記の内容は？）

まとまった文章としてかろうじて読めるのは、両親が出会ったころの記述《きじゅつ》のみである。

簡潔で平明な文体を心がけてはいるものの、ところどころ感情に任《まか》せた表現が出てくる。これを書いた人物と血が繋《つな》がっているかと思うと、恥ずかしいやら情けないやら、ため息しか出てこない。

こんなことを語り明かしただの、こんなところに心惹《ひ》かれただの、悪魔らしからぬふわついた内容が、ラハールには余計に腹立たしい。挙《あ》げ句《く》の果《は》てには、結婚式には母の希望で、ブーケなる人間界の風習を取り入れた、なんてことまで書かれている。

そんなことより実用的な記録に力を注ぐべきだろう。魔王の任命書が存在《そんざい》するのかどうか、それだけでも知ることができればいいのに。

（死んでまでオレさまを苛立たせるとは……本当にむかつく親父だな）

真面目に読むのも馬鹿馬鹿《ばかばか》しくなって、ラハールは乱暴にページをめくりだした。ぞんざいなその指の動きが、ある箇所《かしょ》を目にした途端、ぴたりと止まる。

そしてわたしは、任命書にサインをした。

溢れる光の中、かたわらの彼女の祝福《しゅくふく》を耳にしたわたしは、新たな力が湧いてくるのを感じた。

彼女が教えてくれた、これまでの魔界になかったもの。

これこそ、これからの魔王の力になるだろう！


（『魔王の力』だと？）

どくっと、心臓の音が大きく、全身を揺るがした。

目の色を変え、ラハールは何度もその一文を読み返す。

任命書。溢れる光。新たな力。……これからの魔王の力。

力について、それ以上詳しくは説明されていない。

しかしラハールはかつて、古参《こさん》の家臣にこう聞いたことがある。

父がぐんと力を伸ばしたのは、魔王即位あたり。母と結婚した、その直後のことだと。

興奮のあまり鼓動《こどう》がうるさいほど聞こえた。まるで何かを叩いているような音だった。

ラハールの瞳がぎらぎらと輝き、どんどん大きく見開かれていく。

魔女修行として魔界へやって来た母。魔法に使う言語も、文化も、魔界と人間界ではかなり違う。

母と出会ったとき、父は人間界のなんらかの技術を教わったのではないだろうか。

それを任命書に使っていたなら？

——そう、署名した者に力を与える、といったように。

（うむ、そうに違いない！　そうでなければ、ふやけた親父があれほど強いと言われる理屈《りくつ》が通らん！　不愉快なまでにクソ長い治世も納得できるしな！）

ラハールの胸が湧き踊る。バイアスの情報は確かだったのだ。

魔界の様々な制度を父は改革《かいかく》してきた。魔王即位に任命書を採用《さいよう》したのも父が初めだったとすれば、悪魔たちがその存在を知らないのも納得ができる。

（親父の力の秘訣《ひけつ》、見破ったり！）

瞳をかっと見開き、ラハールは喉《のど》の奥《おく》から低い笑い声をもらした。

＊　＊　＊

「何か楽しいことでもあったんですか？　ラハールさん」

「うおおおおおっ!?」

あまりに嬉しそうなのにつられてフロンがラハールの手元をのぞきこむと、弓のように全身をしならせ、イスごとひっくり返った。ごちんといかにも痛《いた》そうな音に、フロンは大慌てでかがみこんだ。

「ああっ！　大丈夫ですか、ラハールさん」

ぷっくりとふくれた後頭部《こうとうぶ》をさすり、ラハールは怒鳴り散らす。癒しの魔法をとフロンは手を差し伸べたが、うざったそうにはねのけられてしまった。

「死ぬほど痛いわっ！　このオレさまの賢《かしこ》い頭脳《ずのう》が、貴様のようにボケボケになったらどうしてくれる!?　だいたい、どうして貴様がここにいる!?」

「さっきから、何回もノックしてたんですよ。なのにちっとも返事がないし……。何かあったんじゃないじゃないかって心配になって、こっそりお邪魔したんです」

「そんなもの、全くわからなかったぞ。もっと気合いを入れて叩かんか！」

「ドンドン叩いたら、お休みになってるひとが起きちゃいますよ。それよりもラハールさん、お茶はお嫌いですか？　赤いプリニーさんがラハールさんにって、用意してくれたんですよ」

フロンは、ふふっとティーポットを掲げた。ラハールはちょっとうろたえた。

「いや、嫌いではないが……」

「よかった！　じゃ、早速煎《い》れますね」

フロンはぱっと顔を輝かせ、勝手にお茶を煎れ始めた。柔《やわ》らかい香《かお》りが、たちまち部屋中に広がっていく。

「はい、どうぞ。……どうしたんですか、ラハールさん？」

起こしたイスに座り直しながら、ラハールはもぞもぞとお尻《しり》を動かしていた。どこか居《い》心地《ごこち》が悪そうである。

「うむ。要求していないものが出てくると、落ち着かなくてな。毒《どく》など仕込んではおるまいな？」

「もう、またそうやって疑うんですから！　ささ、ぐいっといっちゃってください。大丈夫ですよ、絶対おいしいですから」

恐る恐る一口すするラハールを、フロンはにこにこして見つめた。先に味見させてもらったのだが、とても深みのあるおいしいお茶だった。

ユイエの花束のときは、腹の足しにもならないと怒っていた。それならきっと、おいしいものがラハールを和《なご》ませてくれるに違いない。

（そうしたら、あの肖像画みたいに笑ってくれるんじゃないかしら。もしかしたら、ありがとうとかって言ってくれるかもしれないわ。それからそれから……）

ラハールはカップをトレイに置いた。何もないとわかったらしく、二口目は豪快《ごうかい》に一気飲みだ。ラハールの表情がほんの少しゆるむのを、フロンはわくわくと見守った。

だがフロンの視線に気がつくと、ラハールは顔をしかめてくいっと顎を持ち上げた。

「よし、後で片づけておけ。それで、めぼしいものは見つけることができたのか？」

「…………」

変わらぬ仏頂面《ぶっちょうづら》に、フロンは言葉を呑みこんだ。

（これでもダメなんて……）

「どうしたのだ、早く言わんか！　報告に来たのだろう。見つかったか見つからなかったか、そんな簡単な言葉すら忘れてしまったのか？」

ふてぶてしいラハールの態度《たいど》にぐっと唇を噛みしめ、フロンはなんの成果《せいか》もなかったことを告げた。さっき、心のこもった「ありがとう」を聞いたばかりだから、なおさら悔しくてたまらない。

「ふむ。ならばやはり、もう城にはないのかもしれんな。悪魔どもが見つければ、ぎゃあぎゃあ騒ぐだろうし。クソ、あの中ボスを意地《いじ》でもとっつかまえて、吐かせればよかった！」

落ち着きなくイスを揺らすラハールに、フロンは思わず刺々《とげとげ》しく言った。

「無理矢理《むりやり》聞き出さなくても、きちんと教えてくださいって頼めばいいんですよ。ラハールさんが乱暴にしなければ、きっと教えてくれます。親切なひとなんですから」

「あんな怪しいヤツに頭を下げられるか！」

「どこが怪しいんですか。なんでもかんでも疑えばいいってもんじゃありません。ラハールさんたちも知らないことを調べた、物知りですごいひとじゃないですか！」

ぴたりとラハールがイスを揺らすのをやめた。

「オレさまたちが知らないことを、調べた？」

「そうですよ。怪しむより先に、素直にすごいって尊敬《そんけい》するべきです」

「……そうか！　オレさまはなぜ今まで気がつかなかったのだ⁉」

だんっ！

ラハールはいきなり拳を机に叩きつけ、鼻先がくっつきそうなくらいフロンに詰め寄った。

「おいっ！　もし貴様が魔王の任命書の存在を知ったら、まずどうするっ⁉」

「はいいっ⁉　えぇと、そうですねぇ。う、ん……」

怒っていたフロンだったが、ラハールのあまりの勢いに思わず返事をしていた。

「やっぱり、ラハールさんみたいにお城を探しますよ。だって、先代の魔王さんが住んでいたところですからね。広いから置き場所とか困らなくていいですしね」

「収納《しゅうのう》の問題などどうでもよい！　いいか、貴様のような万年脳みそ春女ですら真っ先にそう思いつく。今城をうろついている身の程知らずなヤツらもそうだ。一番確率が高いのだからな」

「春はいい季節ですよね、わたし大好きです。褒《ほ》めてくれたんですか？」

「違うわい、真面目に聞けっ！　しかし、あの中ボスは違った。このオレさまの召集《しょうしゅう》を無視したにも関わらず、ノコノコと闘技場へ来やがった。なぜだ？　まるで城には任命書などないと、最初から知っていたようではないか！」

「ああっ！　確かにそうですねっ！」

フロンはびっくりして、つぶらな青の瞳を丸く見開いた。ラハールがふふんと得意げに鼻を鳴《な》らした。

「だろう？　賢いオレさまを褒め称《たた》えるがいい。だが、そうなるとますますヤツは怪しい。勝手にオレさまのことをライバルだのなんだの抜かしているわりに、任命書のことをあっさりばらしたのだからな!!」

「だから言ったじゃないですか。中ボスさんは親切なひとなんです。きっと一緒に探して、話し合いで次の魔王を決めようと……」

「そんなクソ親父と似たようなこと、誰がするか！　悪魔たるもの、貴重な情報は独り占めするのが正しい作法《さほう》。さてはヤツはもう、有力な手がかりを持っているのではあるまいな？　……いや、もう任命書を手にしていたらどうするううううっ!?」

全身から湯気を噴《ふ》き出《だ》して、ラハールは髪をぐしゃぐしゃにかきむしった。

「おい、外出の準備《じゅんび》をしろ！」

「えぇっ!?　今からどこへ行くんですか!?」

いても立ってもいられなくなったのか、ラハールはひらりとイスから飛び降りた。

「中ボスの屋敷だ！　あのキザったらしい男を締め上げて、任命書を手に入れてやる……んぐっ!?」

突然ラハールは、ぐぐっと喉を反らして棒立《ぼうだ》ちした。ぎりり、と歯をきしませ、ものすごい形相《ぎょうそう》で宙をにらむ。そしてがくがくと、もう一度イスに座《すわ》り直《なお》した。

「い、いや……今のはナシだ。ヤツの屋敷には明日行くことにする！　ちゃんと準備をしておけ」

なんだか様子がおかしい。フロンは急に心配になって、そっとラハールの顔をのぞきこんだ。

ぐりんっ！

ちらりとも合わないうちから、ラハールは思いきりフロンの視線を避けた。ムッときて、フロンはそれを追いかける。

「ラハールさん？　あの、一体どうし……」

「弁当も忘れずに作っておけよ。卵焼きは砂糖《さとう》たっぷり、ウインナーはちゃんとタコの形にしておけ」

「そんなことより、なんか顔色が」

「いつまでこんなところにいる？　さっさと出て行け、今日の仕事はこれで終わりだ！」

ばしんっ！

ラハールはフロンに手記を投げつけた。

フロンは無言で手記を拾い上げ、じっとラハールを見つめる。

ラハールは実の父、クリチェフスコイの形見《かたみ》を投げつけた。ためらうこともなく、腹立ち紛れに。

（やっぱり、あの肖像画みたいなラハールさんはもうどこにも残ってないのかしら。素直に笑って、とっても幸せそうな）

気まずい沈黙《ちんもく》が、部屋の中をじんわりと覆っていく。

身じろぎもせず、フロンはラハールを見つめ続けた。ひくつくその横顔のどこかに、あの微笑みのかけらが残っていやしないかと、探《さぐ》るように。

「……何をしている？　貴様何がしたいのだ!?」

重圧《じゅうあつ》に耐えかねたのは、やっぱり気の短いラハールのほうだった。落ち着かないように、視線をきょろきょろと漂《ただよ》わせている。

「残業代が欲しいのか？　残念だな、魔界ではみんなサービス残業だ」

「違います」

ふるふると、フロンはかぶりを振った。

「では、特別ボーナスでも要求したいのか？　それとも労災か？」

「違います。違うんですってば！　わたし、ただ」

言ってもどうにもならない。わかってはもらえない。

そんな気がするのに、フロンは思わず口走っていた。

「ただ、ラハールさんに『ありがとう』って、笑ってほしかったんです！」

「なんだと？」

ラハールは呆れたように鼻で笑った。

やっぱりダメだった……そう思っても、フロンの言葉は止まらなかった。

「わたしここへ来る途中《とちゅう》、困っているひとを助けてきました。そのひとはお礼を言ってくれて、にっこり笑ってもくれたんですよ。わたし、すっごく嬉しかったです」

マデラスの微笑みが、脳裏《のうり》に蘇《よみがえ》る。

「ちょっと、期待してたんです。ラハールさんがわたしのこと物扱いしないで、お礼を言ってくれないかなって。名前だって呼んでくれないじゃないですか。もっとひとに優しさを持たないと、皆さんに嫌《きら》われちゃいますよ」

フロンはふうっとため息をついて、かくんと肩を落とした。もうあきらめた。一晩眠って、ラハールの笑顔が見たいなんて無理な話、忘れてしまおう。

「お休みなさい、ラハールさん」

一礼をして、今度こそフロンは部屋を出て行った。

＊　＊　＊

どごぉおおおおんっ！

静かな朝の空気を、突然の轟音《ごうおん》と激しい振動《しんどう》が乱《みだ》した。

「な、何事だっ!?　……痛っ！」

慌てて身を起こしたラハールは、棺《ひつぎ》ベッドのフタに思い切り頭をぶつけて、目眩《めまい》を起こした。弾みで耳栓《みみせん》がぽろりとこぼれ落ちる。

「くそっ、朝っぱらからオレさまを起こすとは！」

真っ赤な目をこすりながら、ラハールはベッドから降りた。途端に足首がズキンと痛む。ラハールは痛みを無視して寝室《しんしつ》を飛び出した。

昨日はよく眠れなかった。昨夜飲んだお茶が記憶のどこかを揺さぶった。それに去《さ》り際《ぎわ》にフロンが見せた淋しげな眼差しが焼きついて、眠りが妨《さまた》げられたのである。

城内はすでに、軽い混乱を起こしていた。何者かの襲撃《しゅうげき》があったらしい。そこら辺の悪魔を捕《つか》まえて問《と》い詰《つ》めても、はっきりしたことはわからなかった。

「ラハールさぁあああんっ！」

フロンと姉御肌プリニーが、転がるようにやって来た。身支度《みじたく》の途中だったのか、フロンの髪には寝癖《ねぐせ》が残っていた。

昨晩のこともあって、ラハールは顔を合わせたくなかったのだが、フロンに気まずさは感じられない。普通《ふつう》の接《せつ》し方《かた》だった。

「何があったんですか？　ものすごい音でしたよ!?」

「オレさまも、詳しくはわからんが、何者かが襲撃してきたらしいな」

「襲撃!?」

「あ、殿下まだこんなところにいたんですか!?　早く城門へ行ってください！」

プリニー隊を引き連れたエトナも駆《か》けつけてきた。ラハールの顔を見るなり、いつも以上にきつい口調で進言する。

「門だと？　そこが襲撃されているのか？」

「そうですよ。まだご存じなかったんですか？」

あからさまに、エトナが呆れ顔になった。プリニー隊を使い、情報収集をしたらしい。そのせいか、普段は持ち歩いていない槍《やり》を手にしていた。

「仕方あるまい、どいつもこいつも大騒ぎなのだからな」

ラハールは、むすっとエトナをにらみつけた。一瞬険悪《けんあく》なムードが流れたそのとき——。

「二人とも、ここでいがみ合ってる場合じゃないでしょう!?」

いきなり、姉御肌プリニーが声を荒《あら》げた。

これには、ラハールもエトナも、フロンでさえも驚いた。悪魔を叱咤《しった》するプリニーなんて、聞いたことがない。

「ね……、ねぇ？　フロンさんはそう言いたかったんでしょ？」

姉御肌プリニーは取《と》り繕《つくろ》うようにフロンへと振り向いた。つられてフロンも、こくこくとうなずく。

「えっと、はい、そうです。悪魔さんたちにこれ以上何かあったら大変ですっ！」

気にはなったが、ラハールはそれ以上の追求をやめた。一行はばたばたと、城門へと向かった。

エトナが冷たく目を細めたのには、誰も気がつかなかった。

城門に近づくにつれ、焦《こ》げ臭《くさ》さが鼻につくようになった。煙《けむり》で見通しも悪くなっていく。警《けい》備《び》兵《へい》の怒号に交《ま》じって、咳きこんだり苦しみうめく悪魔の声も聞こえてきた。

口元をハンカチで覆いながら、フロンが眉を八の字につり上げた。

「どこのどなたかわかりませんけど、こんな乱暴なことするなんてひどすぎますっ！　許せません！」

「でもさー、許せないからってどうするわけ？　フロンちゃん、『暴力《ぼうりょく》はダメですー』とか言ってたじゃない」

「もちろん、じっくりお話し合いします。きちんと話せばわかってもらえるはずです」

エトナの突っこみに、フロンが打てば響くように返した。

そのとき――。

「くっくっく……あーはっはっはっはっはっ！」

野太い男の声が、ラハールの鼓膜を叩いた。城門の方角からだ。どこかで聞いた声だったが、どうにも思い出せない。

(どこだ？　どこで聞いた？)

どんどんはっきりとしてくる声に耳を傾けながら、ラハールは記憶を思い切りかき回し、思い出そうとした。

ところが、脳の奥がちりちりと熱くなるばかりで、抽象的《ちゅうしょうてき》なイメージしか引き出せない。意志《いし》を無視し、頭が思い出すことを拒否《きょひ》しているようだった。ただなぜか、嫌な予感《よかん》だけがしていた。

ラハールたちがたどり着いたとき、門はすでに、ぶすぶすと焼け落ちていた。門番がどうにか火は消し止めたようだったが、依然《いぜん》として、ものすごい煙が辺りを覆っている。

「真っ白です」

「殿下、どうにかしてくださいよ。……けほっ、これじゃなんにも見えません！」

「バカ者、無茶《むちゃ》なことを言うな。貴様らが気合いで吹き飛ばせ！」

エトナの無理な要求に叫んだ途端、男の高笑いがぴたりと止まった。

「殿下……今の声は、クリチエフスコイ殿がご子息、ラハール殿下にあらせられるか？」

「貴様、何者だ!?　出てこいっ！」

「おや、わたくしのことを覚えていらっしゃらない？　薄情《はくじょう》な方ですねぇ」

厚い煙の向こうで、男が笑った。敬語《けいご》こそ使っているものの、傲岸《ごうがん》な響《ひび》きがある。

ラハールの記憶の泉《いずみ》に、ぼこぼこと泡《あわ》が立ち始めた。ゆっくり広がっていく波紋《はもん》。何かが奥底から浮かび上がってくる。重しをつけて沈めたはずの何かが。

ラハールはぎりっと歯ぎしりした。

男はくすくすと笑った。

「無理もないかもしれませんね。だいぶ昔のことですから。では、こうすればいかがでしょう？」

煙の向こうに、ぼんやりと光が灯《とも》って——。

「いけない、伏せて！」

どむっ！

姉御肌プリニーが甲高《かんだか》く叫んだ直後、ラハールたちを突然の衝撃波《しょうげきは》が襲《おそ》った。強烈《きょうれつ》な風の固《かた》まりが、地面に伏せたラハールの頭上を通り過ぎ、城の一部を破壊《はかい》した。辺りを覆っていた煙は一息《ひといき》に吹き飛ばされ、代わりに粉塵《ふんじん》が立ちこめる。

その中から、壮年の悪魔がゆっくりと姿を現した。悠然《ゆうぜん》と翻したマント、二本の角、どこかにやついた笑い方……。

「さあ、殿下。思い出していただけますかな？」

（こいつは……！）

真っ黒で粘着質《ねんちゃくしつ》の澱《よど》んだ記憶が、一息に記憶の水面を突き破って飛び出す。

遠巻きにして見ていた悪魔たちにも動揺《どうよう》が走った。

平然としていたのは一人だけ。乾いた表情で成り行きを見守る、エトナだけである。

ラハールは、喉を裂《さ》かんばかりの大音声をあげる。

「貴様は……マデラス⁉」

「ご名答。殿下、魔王の座をいただきに参りましたよ」

襲撃者マデラスが、にたりと笑って一礼した。

＊　＊　＊

「ふざけたことを言いおって！」

嚙みつくような勢いで吐き捨てるラハールの後ろで、フロンはがたがたと体を震わせていた。

（そんな、そんなことって……）

これは何かの間違いだ。そう思ってしまいたくなるほど、目の前のマデラスは昨夜と雰囲気がまるで違った。

感謝の言葉をこぼした口元には、にやにやと嫌らしい微笑み。淋しげに丸められていた体には、ふてぶてしい態度。

しかしやっぱり――マデラスは昨夜フロンが助けた男だった。

「いやぁ。昨晩ようやく解放されてみたら、驚きましたよ。あのクリチェフスコイ陛下《へいか》が亡《な》くなって、魔王の座が空席のままだというじゃありませんか？」

ちらり、とマデラスがフロンに視線をやった。鋭く暗い眼差しに、フロンはびくんと背中を震わせた。

「またお会いしましたね、お嬢さん。昨日はどうも」

「おい、どうしたのだ？」

いぶかしげなラハールに答える余裕《よゆう》もなく、フロンは震える唇をこじ開けた。

「嘘、ですよね？　こんなひどいこと、どうして……だって、昨日はありがとうって……」

「ええ、感謝していますよ。こうして自由の身になれたのですからね」

マデラスは罪悪感《ざいあくかん》のかけらもなく笑った。自然に。

フロンはペンダントをぎゅっと握りしめ、動揺を隠せないまま声を張り上げた。

「悪いことをしていないのに捕まったって！　そう言ってたのは嘘だったんですか!?」

「嘘ではありませんよ。欲望を果たそうとするのは、悪魔のあるべき姿。野望を叶《かな》えるために邪魔者を殺す。野望を阻《はば》んだ者に復讐《ふくしゅう》をする。それのどこが悪いんです？」

「そんな……」

今度こそ、フロンは打ちのめされた。よろけたところを、がしりと誰かにつかまれる。

怒りで顔を赤く染めた、ラハールだった。

「貴様……。貴様がマデラスの封印《ふういん》を解いたのか!?　答えろ、そうなんだな!?」

ラハールはフロンの肩を乱暴に揺さぶり、糾弾《きゅうだん》した。フロンはただ呆然とされるがままになっていた。

「いいか、こいつは謀反人《むほんにん》として親父に封印された、大罪人《たいざいにん》なんだぞ。母上を……」

「やめな！」

揺さぶり続けるラハールを、姉御肌プリニーが制した。その光景を、マデラスがさも愉快《ゆかい》そうに眺《なが》めた。

「殿下、わたしの恩人《おんじん》をそう責《せ》めないでくれますかな？　最近、封印が弱まってきていましてね。彼女はそれを手伝ってくれたまでです。かつては逃《のが》した魔王の座、今こそ、我が手に」

どこから調達《ちょうたつ》してきたのか、刃《やいば》の光もまばゆい新品の洋剣を、かちゃりと構えた。

血気盛《けっきさか》んな悪魔たちが、魔王の座は自分のものだとばかりに襲いかかった。

ところがマデラスは、彼らをいとも簡単に蹴散《けち》らしてしまった。呼吸一つ荒げぬまま。

「おい、マデラス」

ざっ、とラハールは一歩前に進み出た。そのまま、倒れた悪魔たちにも見向きしないまま、真っ直ぐマデラスへと近づいていく。

「魔王の座を手にするのに、まずオレさまを倒そうとした目のつけ所は褒《ほ》めてやろう」

だが、とラハールは全身から一気に、殺意《さつい》の炎を燃え上がらせた。

「オレさまは、クソ親父と違って封印など手ぬるい手段《しゅだん》は取らん！　今この場で貴様を、血の一滴《いってき》も残らんほどバラバラに処刑《しょけい》してやる!!」

「おもしろい、殿下の成長を見させていただきますよ！」

二人の殺意が、辺りに激しくどす黒い火花を散らした。

＊　＊　＊

「死ねぇぇぇぇぇっ！」

だんっ！

宣戦布告《せんせんふこく》するやいなや、ラハールは素早《すばや》くマデラスの懐《ふところ》に飛びこんだ。

マデラスがすいっと軽く身をよじり、ラハールの突進から逃れる。が、素早くラハールはマデラスに寄《よ》り添《そ》うように追いすがり、重心の移動を利用して剣を抜き払った。

しゅっ！

そのまま一閃《いっせん》。しかし剣は宙を斬《き》り、代わりにマデラスの魔力光が、ラハールの眼前《がんぜん》に現れる。

「っ！」

背を反らすことで、ラハールはなんとかこの攻撃を避けた。

どごぉぉぉっ！

「があああああっ！」

「ぎゃあっ！」

目標《もくひょう》を失った光は、少し離れたところに着弾。退避《たいひ》しきれなかった悪魔が数人、爆発に巻きこまれ吹き飛ばされる。

「殿下、もうちょっと考えて戦ってくださいよ！」

「うるさい、気が散るから黙っていろ！」

逃《に》げおおせたエトナの抗議にも、ラハールは耳を貸さなかった。武器を持ってはいるものの、エトナに戦う気はないらしい。先ほどから逃げ回ってばかりだ。

マデラスはすかさずすらりと長剣を抜き放つ。

がっ！　しゅしゅっ、どごっ！

城壁や周りの悪魔たちを巻きこみつつ、ラハールとマデラスの攻防《こうぼう》が続く。

ぎぃんっ！

つばぜり合いになり、ラハールとマデラスの鋭い視線が近距離《きんきょり》でからみ合う。

「フン、こんなものだったのか？」

「言いますね、殿下」

勝負はほぼ互角《ごかく》。いや、素早さからみればわずかに自分のほうが上かもしれない。

かつてはもっと、強敵《きょうてき》というイメージがあったのだが……。

(まぁ、あのころのオレさまはガキだったからな。今は違うぞ)

闘技場で倒れ伏した悪魔たちを思い出して、ラハールはにやりと笑った。

「マデラス、オレさまが貴様にトドメを刺してやる。今度こそ、この手で！」

一気に押し離そうと、ラハールはぐっと両足を踏《ふ》ん張《ば》った。

＊　＊　＊

ラハールとマデラスの戦いが始まったそのとき、フロンは呆然《ぼうぜん》と座りこんだまま、その場から離れることができなかった。

爆発音と、熱風と、金属音と、誰かのあげた苦悶の叫び。

全部が、遠く感じる。とても近くて、戦いが起きているというのに。

フロンは震える手で、大天使からもらったペンダントを握りしめた。

(大天使様……わたしはどうすればいいんでしょうか?)

ここへ来るまでのフロンなら、なんの躊躇《ちゅうちょ》もなくラハールを止めに入っていただろう。

どんな理由があるかはわからないが、戦いはよくない、と。

しかし、今度は全く事情が違う。この事態《じたい》を招《まね》いてしまったのは、間違《まちが》いなく自分なのだ。

『ありがとう、お嬢さん』

マデラスのあの言葉、あの笑顔が、こんな形で跳《は》ね返《かえ》ってきてしまうなんて。

フロンはただ、困っているひとを助けるのはいいことだと、そう信じただけだった。

(嬉しかったのに。本当に、嬉しかったのに……)

「フロンさん! 何をしてるんだい!?」

姉御肌プリニーが駆け寄ってきた。

「ぼーっとしてたら巻きこまれるよ!」

「でも……」

色んな想いが喉を詰まらせて、フロンはそれ以上言葉を継《つ》げなかった。そのとき——。

どさっ！

「きゃあっ!?」

すぐ隣に突然、小柄な悪魔が吹き飛ばされてきた。

ラハールとマデラス、どちらの攻撃に巻きこまれたのかはわからないが、全身に負った裂傷が痛々しい。フロンは思わず口元を押さえた。

姉御肌プリニーはフロンの肩に手を置き、強い口調で言った。

「フロンさん、詳しい経緯はよくわからないけど、あなたが責任を感じる気持ちはわかる。でも、今やることとは別にあるだろ？」

姉御肌プリニーの背中越しに、ラハールとマデラスの戦いが見えた。

彼らの戦いは、場所を少しずつずらしながら続いている。彼らの移動した後には、巻きこまれてケガを負った悪魔が何人も転がっていた。

「こうして、今も困っているひとが増えているんだよ。こういうとき、大天使様だったらどうしろとおっしゃるんだい？　そしてあなたなら、どうしたいんだい？」

ケガをしたひとを治すのは、もはやフロンの本能《ほんのう》のようなものだった。

(そうよ、それしか今のわたしにはできないもの)

どこかうつろだったフロンの目に、再び意志の光が灯った。吹き飛ばされてきた悪魔に手をかざし、癒しの魔法を施《ほどこ》す。険《けわ》しくしかめた悪魔の顔がだんだん穏やかになっていった。

ホッと息をついて、フロンはかたわらの姉御肌プリニーに小さく微笑んだ。さりげなく彼女に勇気づけられている気がする。

まだ気持ちはぐちゃぐちゃで、整理なんか全然ついていない。しかしフロンは、とにかく目についたケガ人たちを治していくことにした。それが、天界の住人として、フロン自身としてのプライドだった。

「ありがとうございます、プリニーさん。わたし、なんとか頑張ってみます」

姉御肌プリニーがうなずいた。それでいい、と励ますように。

そのときである。

「ぐあっ⁉」

切羽詰《せっぱつ》まったラハールの声。

姉御肌プリニーがハッと体を強張らせ、振り返った。フロンも慌てて、声のしたほうを見る。

体勢を崩したラハールが、入り組んだ城脇の通路に転がりこんだ。その後を、マデラスが追う。

「いけない、あっちは……！」

姉御肌プリニーが、鉄砲玉《てっぽうだま》のように駆け出した。

「あ、プリニーさんっ⁉」

フロンは一瞬、まだケガをしている悪魔たちを見て躊躇《ちゅうちょ》した。しかし、すぐに後を追う。

苦しげに歪《ゆが》んでいたラハールの顔が、目に焼きついていた。

＊　＊　＊

「ぐあっ⁉」

ラハールはいきなりの激痛に、思わず叫んでしまった。

再びねじったのだろう。右足はもはや絶え間《たま》なく悲鳴をあげている。ケガの痛みに、ラハールの右膝《みぎひざ》がいとも簡単に屈《くつ》した。

（しまった！）

まともにバランスを崩したラハールは、そのまま地面を転がって一撃を避けた。体勢を整えようと、目の前の通路に飛びこむ。

ところが、場所が悪かった。

城の周囲に張《は》り巡《めぐ》らせた高く堅固《けんご》な塀《へい》と、城の外壁。それがラハールの行く手を阻んでいたのである。

「くそっ、なんでこんなところに壁がある⁉」

考えもなしに、自ら袋小路《ふくろこうじ》に転がりこんでしまっていた。

右足の痛みやいらだちをごまかすように叫んで、ラハールは身を翻した。

その目前に、壁よりもっと厄介《やっかい》な障害《しょうがい》が立ちふさがる。歓喜《かんき》に目を輝かせ、上段《じょうだん》に構えたマデラスだった。

「殿下、安らかにお眠りください！」

大振りの一撃が、真っ直ぐラハールへと振り下ろされた。

（くそっ、避け切れん！）

ラハールは唇を噛みしめた。

「ダメぇっ！」

ラハールとマデラスの間に、小柄《こがら》な赤い影《かげ》が飛びこんできた。姉御肌プリニーである。

「プリニーさんっ！」

フロンが悲痛な叫びをあげた。

ラハールは瞳を、大きく見開いた。


かばうように手を広げた姿が、遠い、決して取り戻せない懐《なつ》かしい背中に重なる。

『母上っ！』

真っ白な頭の中で、ラハールは誰かの叫び声を聞いた気がしていた。


「……やめろっ!!」

腕《うで》を限界《げんかい》まで伸ばし、ラハールは姉御肌プリニーの足をつかんで引きずり倒した。そのすぐ脇の地面に、ぐさりとマデラスの剣が突き刺さる。

「ちっ！」

舌打ちしながら剣を抜き取るマデラスに、どこからか炎の魔法が放たれた。

マデラスが避けると地面がえぐれ、粉塵が巻き上がる。煙幕代わりの一撃だった。

「殿下、こっちです！」

ラハールが追いこまれたと察して駆けつけた、エトナの援護《えんご》射撃《しゃげき》だった。

その隙をついて、どうにかラハールと姉御肌プリニーはマデラスから離れた。姉御肌プリニーが、脇腹を抱えこむようにして咳きこむ。

すかさず走り寄ったフロンが、声をかける。

「ラハールさん、プリニーさん！　どこかおケガはないですか？　すぐ治しますからっ」

「あたしのことより、彼を……。右足、たぶん筋でも違えていると思うよ」

フロンが真剣な顔でうなずき、姉御肌プリニーの指示通り、ラハールの足に治癒魔法をかけ始めた。

「何をやっているのだ、オレさまは……」

荒い呼吸の合間に、ラハールは呟いた。今までひとを助けようなんて思ったこともないのに、知らぬ間に手が勝手に動いていた。困惑したラハールは、目に入りそうになった汗を乱暴に拭《ぬぐ》う。そして姉御肌プリニーを怒鳴りつけた。

「貴様もだ！　誰があんな余計なことをしろと言った!?」

「……」

何かを訴《うった》えかけるような目でラハールを見上げたまま、姉御肌プリニーは黙《もく》して語らない。

呪文を中断《ちゅうだん》し、フロンが口を挟んだ。

「ラハールさん、そんな言い方ひどいですよ。プリニーさんはあなたのために……」

「うるさい、貴様は黙ってろ！」

「命を懸《か》けて助けてもらっても、お礼の言葉はないんですか？　そんなにラハールさんは偉いんですか？」

「そうだ！　オレさまは偉いんだ。それがどうした⁉」

言い争うラハールとフロンの前に、マデラスが悠然と立ちふさがった。

「どうしたのですかな、殿下？　わたくしを処刑すると意気込んでおられたが？」

ラハールたちはハッと、体を強張らせる。

どごぉぉぉんっ！

そこへ再び、エトナの魔法が炸裂《さくれつ》する。着弾する前に、マデラスは大きく飛び退《の》いた。

「もー、戦闘中にケンカするなんて、単なるバカですよ。これ以上のフォローは無理ですからねっ！」

うっすら汗をにじませたエトナが、ラハールたちのもとへ駆け寄ってきた。

「ちゃんと戦う体勢、立て直せたんですか？」

「うっ……」

ラハールはうめいた。フロンも気まずそうにうつむく。

言い合いのせいで、右足は中途半端《ちゅうとはんぱ》な回復に留まっている。ベストコンディションにはほど遠い状態だ。

さらに後ろと右手は分厚い城壁。左手は城。そして目の前には……。

「さて。そろそろ殿下のお命を頂戴《ちょうだい》しますよ」

優位を確信したマデラスが、鋭い犬歯をのぞかせながら、にたりと口の端《はし》を歪《ゆが》めた。

＊　＊　＊

「どうしましょう？　めちゃめちゃピンチなんですけど」

「どうするたってねぇ。やっぱり、アレ？」

フロンの言葉に、エトナが視線をちらりと横に動かした。

ラハールとマデラスの戦いの余波《よは》で、城壁が崩れていた。植えこみの位置《いち》などが幸いしてか、まだマデラスは気づいていないようだが。

ここをよじ登れば、ひとまず脱出することはできる。しかし崩れた場所は、それほど大きくはない。一人か二人ずつ飛び越えられるかどうか、その程度なのである。

フロンは、そっと囁いた。

「ラハールさん、いったん逃げちゃいましょう」

「バカ者！」

つい声を張り上げそうになり、ラハールは慌てて声をひそめる。そしてこそこそと、しかし鋭い口調で返した。

「このラハールさまが、そんなみっともないことできるか！　貴様、どこまで平和ボケすれば気が済《す》む!?」

「それじゃあ、あのひとと戦うんですか？　わたし、反対です。いくらなんでも今のラハールさんじゃ無謀《むぼう》すぎます」

ラハールは悔しげに拳を握りしめた。不利なのは事実である。

いくら戦いのど素人《しろうと》のフロンとて、なんの考えもなく退却《たいきゃく》を薦《すす》めているのではない。

ラハールは、右足に不安材料を抱えている。痛みがそれほどなくて互角の勝負だったのだ。

こんな状態で戦っても結果は目に見えている。

それならいったん逃げて、態勢《たいせい》を整えてから、悪魔たちを助けに戻ればいい。

「殿下！」

「ラハールさん！」

「う……ううう……！」

決断を迫られながらぶるぶる震え、汗まみれのラハールの横顔を、フロンは祈りにも似た願いを込めて見つめた。

＊　＊　＊

どうにかしなくては、どうにかしなくては、どうにかしなくては！

ラハールの頭の中を、ぐるぐるとその単語だけが回っていた。

すぐ手に取れたはずの魔王の座が、風前《ふうぜん》の灯火《ともしび》だった。

（……待てよ）

パンクしそうな思考《しこう》の流れに、砂粒《すなつぶ》ほどの光が一瞬きらめいた。ラハールはそれを、流されないようにいそいですくい取った。

（魔王任命書……）

そうだ。唯一逆転《ぎゃくてん》できるとしたら、もうそれしかない。

封印から解放されたばかりのマデラスは、昨日持ち上がったその存在をまだ知らないはずだ。署名した者だけが、魔王として認められる。そしてそのときに、魔王としての力が手に入るとすれば……！

「そうだな、戦略的撤退《てったい》も悪くないかもしれん」

ラハールは一瞬、右足の痛みも忘れて微笑んだ。すると決死の面持《おもも》ちだったフロンが、満面に笑みを浮かべた。

「ですよね！　よかった。わたしも責任とってお手伝いしますから、頑張りましょうね！」

「……何？　なぜ貴様が張り切る？」

「だって、態勢を整え直してから、ケガした悪魔さんたちを助けに来るんでしょう？」

ラハールはまた、フロンと意識がずれていることに気がついた。

自分はただ、マデラスに奪《うば》われようとしている魔王の座を守りたいだけだ。ところがフロンが撤退を提案《ていあん》したのは、ラハールのためでもフロン自身のためでもない。

自分がしたことが悪魔たちを巻きこんでしまったからと、その一心で。

「バカな」

思わず、ラハールは冷笑《れいしょう》した。

「あいつらは自滅《じめつ》したんだぞ。助けたところでなんの得《とく》にもならん」

フロンの表情が再び凍《こお》る。予想外《よそうがい》の攻撃を受けた戦士に、よく似たうろたえ方だった。

「ダメですよ！　ただ逃げるだけじゃ悪魔さんたちどうなっちゃうんですか!?」

「あいつらのことなどどうでもいい。それより今は、オレさまの魔王継承がピンチなんだぞ？　それをどうにかするのが先だ！」

「えーと、つまり……」

エトナがぽりぽりと耳をかきながら、言葉を噛みしめるように確認した。

「殿下は、魔王の座を守るために、いったん退却。それでいいんですね？」

「わかっているならよい！　エトナ、プリニーどもを使って、もう一度隙を……」

「わかりました」

ラハールの指示を最後まで聞かず、エトナはいきなりすたすた歩きだした。槍すら構えず無《む》防備《ぼうび》なまま、真っ直ぐマデラスに向かっていく。

「ふぅむ？」

油断なく身構えながらも、マデラスはエトナの行動を静観《せいかん》している。

「こ、こら！　何をしているっ!?」

これにはラハールも、さすがに度肝《どぎも》を抜かれた。剣の一振りか魔法の一撃《いちげき》で、確実に重傷《じゅうしょう》を負うだろう。最悪の場合、命をも落としかねない。

「危《あぶ》ないですよ、エトナさん！」

「エトナ様、どうかしちゃったんスか⁉」

「エトナさん⁉」

フロンやプリニー隊、姉御肌プリニーの制止もあっさり無視して、エトナは進んでいった。

からん。

エトナはマデラスの前でぴたりと足を止め、突然、槍を放り出した。

「……どういうつもりだ？　エトナよ」

「あれ、見てわからない？」

眉をひそめたマデラスを気丈《きじょう》に見上げ、エトナは両手を高々と打ち上げた。

「降参よ、こ・う・さ・ん」

「「「──な、何いいいいいいいいいいっ⁉」」」

語尾《ごび》の違いはあるものの、ラハールたちは思い切り声を合わせていた。

戦略《せんりゃく》かとも思ったが、それにしてはあまりに無意味《むいみ》な行動である。

「そう言われて、すぐに信じるとでも思っているのか？」

構えを解かないマデラスに、エトナがあっさり首を横に振る。

「まさか。でも、取りあえず試してみなきゃわからないからね。自分から負けを認《みと》めたってことで、あたしの命だけは助けてくれると嬉しいんだけど」

さらりと言い放ち、エトナがくるりとラハールたちのほうを振り向いた。

「ということで、殿下。あたしは降伏宣言しましたんで、後は勝手にやってくださいねー」

さばさばとした調子で、エトナはひらひら手を振った。

「ふざけるなっ！」

血管が千切れそうなほど、ラハールは頭に血を上らせた。大声をあげるだけでくらくらする。

隣のフロンは反対に、真っ青な顔で目を白黒させている。

「そんな勝手は許さんぞ！　だいたい貴様はオレさまの腹心《ふくしん》だろうが!?」

「じゃ、今から腹心辞《や》めます」

すぱっとエトナに切り返され、ラハールは言葉を失った。

「殿下。暴れまくったり威張《いば》り散《ち》らしてるばっかりで、何かしました？」

ぱくぱく口だけ動かすラハールをうんざりして眺め、エトナがたたみかけるように糾弾《きゅうだん》していく。

「仇《かたき》には勝てないわ、配下を巻きこんだ挙げ句見捨てるわ……クリチェフスコイ様の息子なのに、どうしてこうも情けないんですか。めちゃめちゃ不甲斐《ふがい》ないです」

冷ややかな物言いで容赦なく追いつめ、エトナはふっと息をついた。

これは、冗談《じょうだん》でもなんでもない。これまで当たり前につき従っていたはずのエトナが、思い切り後ろから蹴り飛ばし、一人で進んでいってしまったのだ。

（とっくに親父はあの世に行ってるんだぞ。どうしてエトナも悪魔どももも、オレさまを差し置いてあんなヤツを……）

ラハールは急に、だだっ広い空間に放り出されたような気がした。

「くくく、あーはっはっはっは！　これはいいですねぇ!?」

マデラスが腹を抱え、笑い転げた。

「わたくしにも勝てず、腹心にも裏切られ、ご子息とはいえ、魔界中に名を轟《とどろ》かせたクリチェフスコイ殿からは何も受け継がなかったようですな！」

「そんなことないですっ！」

ラハールを援護したのは、フロンだった。

＊　＊　＊

「クリチェフスコイさんは、家臣の皆さんに優しく接する、立派なひとだったんでしょう？　だったらラハールさんも、ちゃんとその心を受け継いでいるはずです！」

「貴様……この期《ご》に及んで、まだそんなことを。何度言えばわかる!?　オレさまは親父とは違うのだ！」

「いいえ、そんなことないはずです！　それじゃあなんで、さっきプリニーさんを助けたんですかっ!?」

「そ、それは……」

ラハールは思わず返答に詰まった。そのうろたえ方に、フロンはますます自分の考えを確信した。あの肖像画のラハールは、まだ彼の中に残っている、と。

「あれは……マデラスへの反撃に邪魔だったから、どかそうとしただけだ！」

「いいえ、嘘です！　ラハールさんあのとき、攻撃の構えなんて全然してませんでした。認めてください、ラハールさん。やっぱり、本当は優しいひとなんです。クリチェフスコイさんみたいに、悪魔さんたち思いの魔王さんになれるはずなんですよ。だから、わたしと……っ！」

一緒に逃げましょうと言いかけ、フロンは慌てて口をつぐんだ。代わりに瞳で心を届ける。

「ふざけるな。オレさまに優しさなどあるものか！　そもそも忘れたのか!?　貴様の言う優しさの結果がこの状況なのだぞ！」

ラハールは、崩れた城とマデラスを指差した。痛いところを突かれ、フロンはぐっと喉を詰まらせ、ペンダントを握りしめた。

「魔王に必要なのは、打ち負かす力のみだ。これ以上無責任なことばかり言うなっ!!」

「あ、ラハールさん！」

だだっ！

ラハールは唐突に、マデラスのほうへ突っこんでいった。伸ばした手はマントをかすめ、宙を斬った。

余裕の表情で、マデラスが剣を正眼《せいがん》に構える。

「ほう、最後のあがきですか、殿下？　……何!?」

くるりと反転、ラハールは左足をバネに、横の崩れた城壁へ飛びついた。

マデラスの反応が一瞬遅れた。その隙に、ラハールは壁を乗り越えた。着地のときわずかにバランスを崩したが、どうにか持ちこたえたようだ。

（ラハールさん、やっぱり悪魔さんたちのことを！）

「待ってください！」

フロンも急いで城壁をよじ登ろうとした。一足先に後を追った姉御肌プリニーは、すでに向こうへ転がり出ている。

くるりと振り向いたラハールの顔は、今までで一番険悪で……苦しげだった。

「オレさまはヤツのところへ行く！　貴様もオレさまのことが気に食わんのだろう。ついて来るな、足手まといだ！」

「でも、でもっ……痛っ！」

上半身を乗り出した状態で叫んだフロンは、突然の苦痛《くつう》に顔を歪めた。いつのまにか長い髪が、無骨《ぶこつ》な手にわしづかみにされていた。

手の主マデラスは、にたりと笑って嗤いた。

「お嬢さん、あなたは逃がしませんよ！」

「きゃあああああっ！」

フロンはマデラスに、城壁の中に引き戻された。

（ラハールさん、プリニーさん、ラハールさん！）

最後に見たのは、城に背を向け、脱兎《だっと》のごとく駆けていくラハールの背中だった。

第三章　新たな魔王のうまれるとき

ラハールが母の悲鳴《ひめい》を聞いたのは、あの日が最初で最後だった。

幼いラハールは私室のソファで、母に絵本を読み聞かせられていた。少し前にそわそわして出て行った父を待っているのである。

母の選ぶ絵本ときたら、友達に優《やさ》しくしようとか、そんな内容ばかり。本当は、もっと格好《かっこう》良《よ》く敵《てき》を倒《たお》す話がよかったし、そもそも絵本を読むよりも、外で暴《あば》れ回《まわ》ったほうが楽しかった。

母の膝《ひざ》は心地《ここち》よくて、大好きだったけれど。

「きゃあああああっ！」

ところが穏《おだ》やかな親子の時間は、マデラスの闖入《ちんにゅう》でもろくも崩《くず》れ去《さ》った。マデラスは重要な話があると言って踏《ふ》みこみ、いきなり母に斬《き》りかかったのである。

「母上、母上ー！」

「ラハール、動くんじゃない！」

すがりつこうとしたラハールを、母はいつになく厳《きび》しい調子《ちょうし》で制した。押《お》さえた脇腹《わきばら》からは、鮮血《せんけつ》がどくどく溢《あふ》れていた。

「人間のお前が、陛下《へいか》に余計《よけい》な考えを吹きこんだからこうなったんだ！　そのガキともども、地獄《じごく》の底《そこ》に沈《しず》めてやる！」

赤くぬらりと染《そ》まった剣を、怒《いか》りでガタガタ震《ふる》わせながら、マデラスは憎々《にくにく》しげにラハールたちをにらんだ。その瞳《ひとみ》は血走って、ぎらぎらと異様《いよう》な輝《かがや》きに満《み》ちていた。

襲撃《しゅうげき》の直前、暗黒議会の役職《やくしょく》編成が行われていた。

マデラスは当時、貴族悪魔《きぞくあくま》の中でも一、二を争う勢力《せいりょく》を誇《ほこ》っていた。自他共に認《みと》める強大な武力で、高位《こうい》役職への昇進《しょうしん》は確実だと言われていた。

しかし結果は、一般議員への降格《こうかく》。納得《なっとく》できないマデラスの怒りは頂点《ちょうてん》に達し、ラハールの母に矛先《ほこさき》を向けたのだった。

それらの事情《じじょう》を、絶《た》え間《ま》なく続く攻撃《こうげき》を避《よ》けながら、母は辛抱強《しんぼうづよ》く聞き出していた。ドレスを鮮血に染めて。

「母上、逃《に》げて！」

「ダメだよ、それはできない！」

幼《おさな》いラハールの懇願《こんがん》を突っぱね、母はマデラスに、必死《ひっし》に説得《せっとく》を試《こころ》みていた。

「あなたには確かに誰《だれ》にも負けない戦闘力《せんとうりょく》があるかもしれない。……でもね、わかってほしいんだ。あなたの誇る力と、これからの魔界《まかい》に必要《ひつよう》な力は全く違《ちが》う。陛下はそれを感じたからこそ、魔界を変えようとしているんだよ！」

ところが決死の説得は、マデラスには届《とど》かず、かえって逆上《ぎゃくじょう》させてしまった。

「くっ……！」

ますます激《はげ》しさを増《ま》した攻撃に、とうとう母が膝を折《お》ったとき――。

「やめろ、これ以上母上に手を出すなっ！　オレさまがやっつけてやる！」

母の命令で必死に耐《た》えていたラハールは、こらえきれなくなって反撃《はんげき》に出た。近くにあった暖炉《だんろ》の火《ひ》かき棒《ぼう》をつかんで飛びかかる、あまりに無防備《むぼうび》な突進《とっしん》。

当然、それはマデラスにはっきり見切られていた。その凶刃《きょうじん》はラハールへと向けられた。

「ラハール！」

突然視界《とつぜんしかい》が、母の背中《せなか》でいっぱいになった。その背中から赤く濡《ぬ》れた剣が生えたと同時に、大きな包《つつ》みを抱《かか》えた父がドアを開けた。

そこから先のことは、ラハールはよく覚えていない。

気がついたときには、マデラスを封印《ふういん》した父と二人、力無く横たわる母の傍《かたわ》らにいた。

震える指で、母はラハールの頬《ほお》に触《ふ》れた。

「魔界を、こんなことを繰《く》り返《かえ》さない世界にするんだよ」

母の指が、赤い一筋《ひとすじ》の線を自分の頬に残して崩れ落ちたとき、ラハールの心に冷たく重い鍵《かぎ》がかけられた。

＊　＊　＊

鉄格子越《てつごうしご》しに聞かされるエトナの話に、フロンはじっと耳を傾《かたむ》けていた。膝を抱え、ずっと床《ゆか》を見つめている。なんとなく体全体が寒いのは、床《ゆか》に直接座《すわ》りこんでいるせいだけではないだろう。傍《かたわ》らには、布製のナップサックを置いていた。

ここはマデラスが封印されていた、あの地下牢《ろう》である。

マデラスに捕《つか》まった後、フロンは人質《ひとじち》として、この独房《どくぼう》に入れられていた。ラハールが舞《ま》い戻《もど》った場合に備《そな》えて、ということらしい。

フロンは、食事を持ってきたエトナに頼《たの》みこんで、ラハールを変えてしまったという事件の真相《しんそう》を聞き出していた。

ラハールの心とすれちがってばかりなのは、そこに解くカギがあると思ったからだ。

「そうして、王妃様は亡《な》くなられたの」

語《かた》り終《お》えたエトナは、格子にもたれかかって一息《ひといき》ついた。そのすぐ脇《わき》には、牢の番を任《まか》された悪魔が、退屈《たいくつ》そうにイスに腰《こし》かけている。

クリチエフスコイにつき従《したが》っていたエトナは、偶然《ぐうぜん》事件の目撃者《もくげきしゃ》となったのだという。

「だから赤いプリニーが飛び出したとき、殿下《でんか》は妙《みょう》にうろたえたわけよ。納得した？」

フロンはうつむいたまま、こくりと小さくうなずいた。

「あの後《あと》、殿下は延々《えんえん》とクリチエフスコイ様を責《せ》め続《つづ》けてね。どうして早く戻ってこなかったんだ、どうしてマデラスを殺さなかったんだ、って」

クリチエフスコイ自身も、荒《あ》れ狂《くる》うラハールをうまくなだめられなかったらしい。

「母上のためだよ」と繰り返す姿《すがた》を、当時多くの家臣《かしん》が目撃していたそうだ。

（お母さんのため？　どういう意味なのかしら）

尋《たず》ねると、エトナも知らないと首を振《ふ》った。

「そう言えば、どうしてクリチェフスコイさん、部屋《へや》にいなかったんですか？　お仕事は終わってたんですよね」

「王妃様へのプレゼントを取りに行ってたのよ。フロンちゃんも見たことあるものをね」

「わたしも見たもの？」

フロンは、探《さが》し物《もの》の最中《さなか》に見つけたものを思い返してみた。

印象深《いんしょうぶか》いのは、手記ともう一つ。

「もしかして、あの肖像画《しょうぞうが》ですか？」

「大当たり♥　あれね、クリチェフスコイ様がこっそり描《か》かせてたものなの」

エトナがぱちんとウインクして、情報料代わりにせしめたパンを口にした。

「あれの完成が近づくと、クリチェフスコイ様の顔緩みっぱなし。魔王《まおう》の威厳《いげん》に関《かか》わるからって、誰かがいるときは耐えてらしたけど……」

くすっと、エトナが思い出し笑いをした。フロンはなぜかその顔に、かすかな悔《くや》しさが交《ま》じっているような気がした。

「結局、王妃様に見せることすらできなかったって、よく残念がってたっけ」

クリチェフスコイは、喜ばせようと用意したプレゼントのために、大切なひとの危機《きき》に側《そば》にいられなかった。だから、ラハールにうまく説明できなかったのだ。

想像《そうぞう》するだけで、フロンは胸《むね》がきゅっとしめつけられる気がした。

でも、それだけでは『母上のため』の意味はすっきりしない。

エトナはさらに続ける。

「あの日以来だと思う。殿下がクリチェフスコイ様を憎《にく》むようになったのも、弱さだの優しさだのを毛嫌《けぎら》いするようになったのも。結局『力が全てだ』って結論に達したみたいで、後《あと》は、ひねくれお子様殿下のでき上がりってわけよ」

(ラハールさん……だからあんなに乱暴《らんぼう》に振《ふ》る舞《ま》おうとしてたんだわ)

フロンは、マデラスに向かっていったラハールの姿を思い出した。

理不尽《りふじん》に目の前で失われていった、母の命。その代償《だいしょう》がマデラスの命で払《はら》われなかったということが、ラハールの中に未消化《みしょうか》なまま、苦しみとして残ってしまっているのだ。

母は、力に言葉《ことば》で対抗《たいこう》しようとした。父は、そんな母の気持ちを無駄《むだ》にしないために、涙《なみだ》を呑《の》んで封印という手段を取った。それがたぶん、「母上のためだよ」に込められた苦しい気持ちだったのだ。

(だけどラハールさんは、認めようとしなかった。誰かを思ってしたことが、魔界だと命に関わることもあるから……。無責任《むせきにん》なことを言うなって、そういう意味だったんですね。ラハールさん!)

今はじめてフロンは、ラハールの心の端《はし》っこをつかんだ気がした。

そのときエトナが、ぽろりと衝撃《しょうげき》の告白《こくはく》をした。

「あー、そうそう。言《い》い忘《わす》れてたんだけど、あたし実は、フロンちゃんがマデラスの封印解こうとしてるとこ見かけてたのよね。声かけなかったけど」

「ええっ!?」

フロンの声が、牢屋に甲高《かんだか》く響《ひび》き渡《わた》った。

「……どうして教えてくれなかったんですかっ!?　全部知ってたのに、ひどすぎます！」

フロンは思いきり恨《うら》みがましい目で、エトナをにらみつけた。

完全に自分一人の責任だと、すり潰《つぶ》されるほど心を痛《いた》めたのに。

もしエトナがその場で声をかけて、事情を教えてくれていたら、これほど城中パニックにはならなかったはずだ。

エトナは涼《すず》しい顔で、フロンの視線《しせん》を受け流した。

「だって、殿下がいつまでもお子様なのは、王妃様の一件引きずっちゃってるからだもん。だったら殿下が、直接マデラスぶち倒せばスッキリするでしょ？　マデラスが現《あらわ》れたら城中パニックになるのも予想《よそう》がついたし、殿下のお手並《てな》み拝見《はいけん》、と決めこみたかったのよ。でも、がっかりだったな」

何かきっかけを、という前に聞いたエトナの呟《つぶや》きが、今初めてフロンは理解できた。

尊敬《そんけい》していたクリチェフスコイのように、ラハールも立派《りっぱ》になってほしい。エトナなりの方法だったというわけである。

(でも、そんな方法じゃ、ラハールさん余計《よけい》に苦しかったんじゃないかしら)

姉御肌《あねごはだ》プリニーを助けた後のラハールを思い出し、フロンは胸を痛めた。

エトナがもう一度、深々とため息をついてから立ち上がった。

「さて、と。あたし、そろそろ行くね。一応《いちおう》ご飯は持ってきてあげるから、飢《う》え死《じ》にってことだけはないよ」

さらりと物騒《ぶっそう》なことを言いながら、エトナは牢を去っていった。後には、牢番とフロンだけが残される。

フロンは持ってきてもらったスープを飲もうとしたが、すぐにスプーンを置いてしまった。なんだか胸が詰《つ》まって、うまく飲みこめない。お腹は空っぽなはずなのに。

——ぐるぐるスープをかき混《ま》ぜながら、ラハールのことを考えていた。

(大天使様、わたしはラハールさんを、今度こそ追《お》いこんでしまったのではないでしょうか?)

フロンはぐっとペンダントを握《にぎ》りしめ、きつく目を閉じた。

乱暴をやめてほしいとか、優しいはずだとか、言葉でどんどん伝えれば、必ず届くと思っていた。でもそれは、本当にラハールのためにいいことだったのだろうか?

『もっと、ひとに優しさを持たないと、皆《みな》さんに嫌《きら》われちゃいますよ』

アドバイスのつもりだったあの一言が、ラハールにはどれだけつらかっただろう。もしかしたら、自分がつらいと感じたことすら、わかっていないのかもしれない。

理由を聞かれても、うまく答えられないから暴《あば》れて黙《だま》らせる。

そんな不器用《ぶきよう》で、バラバラで、めちゃくちゃなひとだから。

（ラハールさん。今度こそきちんと、あなたのために何かしたいです！）

閉じたまぶたの奥《おく》に、遠ざかっていくラハールの背中がちらついた。

ちゃりっ。

不意《ふい》に鼓膜《こまく》を刺激《しげき》した金属音《きんぞくおん》に、フロンはハッと顔を上げた。

牢番が、こっくりこっくりと船をこいでいる。そのゆるんだ手のひらに、鍵の束《たば》があった。

＊　＊　＊

「出てこい、中ボスっ！」

ドアを乱暴に蹴《け》り開《あ》け、ラハールはバイアスの屋敷《やしき》へ乗りこんだ。不用心なことに、鍵はかかっていなかった。

赤絨毯《じゅうたん》が敷《し》き詰《つ》められたホールに、二階への階段が一つ。シンプルな内装《ないそう》だった。

ラハールは、近くにあったオブジェを思い切り壁《かべ》に投げつけた。ホール中に破壊音《はかいおん》を響かせて、陶器《とうき》の魔女《まじょ》が破片《はへん》と化す。

いらだつ心のまま、ラハールは声を限《かぎ》りに叫《さけ》んだ。

「いるのだろう、とっとと姿を見せろ！　ここを破壊しつくしてもいいのだぞ！」

「……相変わらず、乱暴なことをしますね」

バイアスが優雅《ゆうが》な足取りで、階段を下りてきた。音を聞きつけたのか、それともラハールの来訪を予測《よそく》していたのか、さほど驚《おどろ》いている様子《ようす》はない。

彼の姿を目にした途端《とたん》、ラハールはどかどか段を駆《か》け上《あ》がった。

ラハールはがしっと、バイアスの胸《むな》ぐらをつかんだ。息がかかるほど顔を近づけ、わめき散《ち》らす。

「任命書《にんめいしょ》はどこにあるっ⁉」

「おや？　魔王の任命書など、信じられないのではなかったんですか？」

髪《かみ》をかき上げながら、バイアスが大げさに驚いてみせた。こうなることはお見通しだったと言いたげな余裕《よゆう》が、ラハールには当てこすりにしか思えなかった。

（ふざけおって！　やはり任命書について、何かを知っていやがる。コソコソ隠《かく》して、オレさまの反応《はんのう》を見る気だな⁉　そうは行くか！）

「猿芝居《さるしばい》はやめることだな。貴様《きさま》が任命書のありかを知っていることなど、このラハールさまには全てお見通しだ！　もう手にしているのなら、とっととよこせ。隠し立てすると、魂《たましい》ごとぎたぎたにしてやる！」

「やめなっ！」

とっさに叫んだ姉御肌プリニーを、そっとバイアスが手で制した。ラハールから視線を外《はず》さずに。

「ただわめかれるだけでは、ライバルとして貴重《きちょう》な情報を教えるわけにはいきませんね。あなたがわたくしよりも素晴《すば》らしい魔王になれると、納得させてもらわないことには」

バイアスがすっと目を細める。

「聞かせてもらいましょう。任命書を手にしたあかつきには、どうするつもりなのですか？」

これまでの軽快《けいかい》なノリとは明らかに違う、静かな重圧感《じゅうあつかん》がラハールを襲《おそ》った。

しかしラハールは、バイアスの襟《えり》をさらにきつくつかんで重圧に耐えた。

「フン、決まっているだろう。任命書の魔力《まりょく》で、魔王としてさらなる力を手に入れるのだ！」

「力を得《え》る、ですって？　あなたはそれだけが目当てで、魔王になるつもりなのですか？」

「当たり前だろう！　あの親父ですら魔王にのし上げた力だぞ？　真実の悪魔たるこのオレさまなら、真《しん》の力を発揮《はっき》できるはずだ！」

「従わない悪魔たちを、ひれ伏《ふ》させるために？」

「無論《むろん》だ！　逆《さか》らう者は片《かた》っ端《ぱし》からぶち殺し、魔界に血のシャワーを降《ふ》らせてやる!!」

ラハールの話を聞くうち、バイアスの眉間《みけん》に深い苦悩《くのう》のシワがいくつもできていった。姉御肌プリニーが、たまりかねたように割《わ》りこむ。

「それで、その後は？　逆らう悪魔たちを全て殺して、たった一人で魔王になるつもりかい？」

「それは……」

ラハールは口ごもった。

魔王になって力を得ること。今重要なのはそれだけだ。

（なのに、どいつもこいつも似《に》たようなたわけ話を繰り返しおって……！）

フロンのあの追いつめるような、真《ま》っ直《す》ぐでひるまない視線まで思い出される。

フロンに見つめられるのが、正直怖《こわ》かった。けれど、怖いと認めたくなかった。

全てを見透《みす》かされ、内側を容赦《ようしゃ》なくえぐられていくような違和感《いわかん》。

これまで必死に塗《ぬ》り固《こ》めてきた何かが、浸食《しんしょく》されていくかのようだった。

（オレさまは……オレさまは、こいつらの言葉にたぶらかされんぞ！）

「あいつらのことなど、オレさまにはどうだっていい！　さぁ、中ボス。もうくだらん話でごまかすのはやめろ。貴様の魂胆《こんたん》は知らんが、大人《おとな》しく任命書を渡せば、一生便所掃除《そうじ》で許《ゆる》してやる！　ありがたく思うんだな！」

「………………」

視線を外し、バイアスはラハールの手首をつかんだ。思いがけず力強くひやっとした感触《かんしょく》に、ラハールの腕《うで》に薄《うす》く鳥肌《とりはだ》が立つ。

「まず、この手を放しなさい。これでは任命書があっても、お渡しすることができませんからね」

「フン、貴様が真実《しんじつ》を話せば、後で放してやる。正直に言え。認めるのだな？　任命書を持っていると！」

「ええ。わたくしは確かに、魔王の任命書をすでに手にしています」

「サインはどうした!?　もう入れているなどと言えば許さんぞ。そのときは貴様を殺して、奪《うば》ってやるっ！」

バイアスは一瞬《いっしゅん》ラハールを痛ましげに見つめてから、ふっとため息をついて呟いた。

「わたくしのサインは、まだ入れていませんよ。もう少し様子を見てから、と思っていましたからね」

「本当だな？　誓《ちか》って絶対《ぜったい》だな!?」

「ええ」

「よし。よこせっ!!」

ラハールは今度こそ、バイアスの襟元からぱっと手を放した。一息入れるいとまも与えず、せっかちに手を差し出す。

「残念ですね。もう少し変わってくれるかと思っていたんですが……」

「あ……」

乱《みだ》れた襟元を直すバイアスを、姉御肌プリニーがうろたえたように見上げた。バイアスが、失望《しつぼう》した様子で軽く首を振ってみせた。

「何をしている！　早くしろ、一刻《いっこく》を争《あらそ》う事態《じたい》なのだからな」

ラハールは、せわしなく足を踏《ふ》み鳴《な》らした。こうしている間にも、マデラスが魔王気取りであの城に居座《いすわ》っているかもしれない。そう思うと、気が気ではなかった。

バイアスが、肩をすくめ階段を上っていった。

「……少し、体でわからせてやらないといけないようですね」

低く冷淡《れいたん》な呟きは、誰の耳にも届かなかった。

＊　＊　＊

（そーっと、そーっと、慌《あわ》てちゃダメよ、ゆっくりとっ。でもすぱっと！）

鉄格子の間から、フロンは居眠《いねむ》りする牢番の手元へ指を伸《の》ばした。手の中の鍵まで、ほんのわずか。息を詰めてじりじり伸ばし、どうにか鍵をつかんだ。

笑い声をあげそうになって、慌てて口元を押さえる。牢番は目覚《めざ》めていない。

本当は悪いことだとわかっていたが、フロンは脱獄《だつごく》を決意したのだ。

姉御肌プリニーが追いかけていったとはいえ、ラハールのことが気がかりでならない。今の彼は誰が近くにいたとしても、心が一人だと思いこんでいるだろうから。

フロンは音を立てないように、いかめしい細工《さいく》の南京錠《なんきんじょう》を開けた。そろりそろりとつま先立ちで牢を抜け出して、石壁むき出しの通路と階段を、上へ。

（右よし、左よし……今よっ！）

一階の廊下《ろうか》の角《かど》で辺《あた》りを窺《うかが》ってから、フロンは一息に走りだした。城へはじめて来たときには困った人気のなさに、フロンは心から感謝《かんしゃ》した。

途中《とちゅう》で一度だけ通行人に出くわしたが、とっさに柱に隠れてやり過ごした。スパイの才能《さいのう》があるかも、とちょっとだけ思ってしまう。

しかし、そう順調《じゅんちょう》には行かなかった。まだ建物から出てもいないうちに、牢番悪魔の声が城中に響き渡った。それに応《こた》え、追《お》っ手《て》悪魔がすぐに飛び出してきた。

「人質が逃げたぞ！」

「追え！　マデラス、いやマデラス様にばれたら殺されるぞ！」

（わわわわわっ！）

もうコソコソしても意味がない。フロンは全速力で玄関《げんかん》を飛び出し、ラハールが駆けていった、あの城壁へ逃げた。

今は振り向いても誰の姿もないが、追いつかれるのはすぐだ。フロンの運動能力は、決していいとはいえない。

「今行きますね、ラハールさんっ！」

崩れた壁を乗り越え、猛然《もうぜん》とフロンは城の外へ走り出した。

（本当は悪いことなのよね。でもでも、わたしはわたしを騙《だま》した悪いひとに捕まってたんだから、逃げるのは悪いことじゃなくて……あれれ？　とにかく大天使様、ごめんなさいっ！　どうかご加護《かご》を！）

＊　＊　＊

（……ん？）

暇《ひま》をもてあましていたエトナは、ひとの気配《けはい》を感じて振り返った。

誰もいなかった。柱の陰《かげ》から、青いリボンと金の髪がちらちらとのぞいているだけで。

「ぷっ……」

吹き出しそうになって、エトナは口元を押さえた。そして、用もない近くの部屋へ入った。

「まあ、あのままいられても、余計な経費《けいひ》食うだけだしね。あとはフロンちゃん次第《しだい》ってことで」

遠ざかっていくもたつきがちな足音に、エトナは苦笑《にがわら》いを浮《う》かべた。

＊　＊　＊

「これで……これで力が手に入る……オレさまは魔王……」

ホールの床に座りこんで、ラハールは任命書に夢中《むちゅう》で署名《しょめい》していた。

もぎ取った任命書は、ごくごく普通《ふつう》の羊皮《ようひ》紙《し》に見えた。わずかな文面と署名欄《らん》。たったそれだけの、シンプルな書類だ。下のほうに推薦人欄《すいせんにんらん》のスペースがあったが、そんなものはあとで誰かに書かせればいいだけだ。無理矢理《むりやり》にでも。

はやる心とは裏腹《うらはら》に、ぶるぶる手が震えて、気を抜けば書き損《か》《そん》じてしまいそうだった。

ラハールの握るペン先が、最後の曲線《きょくせん》を描ききった瞬間《しゅんかん》、任命書全体が淡《あわ》く光りだした。

その光が、声にならない歓喜《かんき》の叫びをあげるラハールを照《て》らし出《だ》した。

(これでオレさまは魔界の支配者《しはいしゃ》だ！　もうマデラスだのエトナだの、あいつにも何も文句は言わせない！　誰にも、だっ！)

ラハールはしばらく、声もなく任命書に見入っていた。何度も何度も、書きこんだ自分の名を指先でなぞる。淡い光はすぐ消えたが、まぶたの内側に残像《ざんぞう》がまだ残っているようだった。

バイアスが厳《おごそ》かに告《つ》げた。

「これで、あなたは魔王になったわけです。どうですか？　あなたの望むものは手に入りましたか？」

「さぁ？　まだわからんな」

ラハールはバイアスを振り返った。暗い笑《え》みを浮かべて。

「早速《さっそく》、魔王の真の力を見せてやろう。……貴様を倒すことでな！」

前触《まえぶ》れもなしに、ラハールはバイアスへと飛びかかった。

「くっ！」

ところが次の瞬間、ラハールの視界は反転《はんてん》していた。ひらり、と手を離れた任命書が宙《ちゅう》に舞う。

バイアスに床に叩《たた》きつけられ、ラハールは息を詰まらせた。さらに背中からぎりぎりと押さえつけられ、肺《はい》が悲鳴をあげる。いくらもがいても、関節《かんせつ》を見事《みごと》に押さえこまれ、起き上がることすらできなかった。

「このまま魔力を流しこんだら、どうなるでしょうね？」

呟きとともに、くっとバイアスの指先に力が込もる。ラハールの額《ひたい》に、つっと冷たい汗《あせ》が一筋流れた。

「わたくしの勝ちです。残念でしたね」

「な、なぜだ!?」

必死に息をつきながら、ラハールはうめいた。

「確かにオレさまは、魔王任命書にサインをしたではないかっ！　魔法が作動《さどう》したのも見届けたっ！　なのにどうして、オレさまが負けるのだ？　あり得ん……こんなこと認めんぞ！」

ラハールはハッとして、

「貴様……偽物《にせもの》を寄《よ》こしたのか……!?」

不自然な体勢《たいせい》のまま、どうにか首をもたげ、バイアスをにらみつける。

バイアスは涼やかな瞳で、ラハールの疑《うたが》いをはねのけた。

「どこまでひとを疑えば気が済《す》むのです？　わたくしの美学にのっとって、そんな無粋《ぶすい》な真似《まね》はいたしません！　……まあ、こういうイザコザ自体、美しくもなんともないですからね。このくらいでやめておきましょう」

バイアスはようやくラハールを解放《かいほう》した。そのタキシードの袖《そで》を、姉御肌プリニーが引《ひ》っ張《ぱ》っていた。

「く、くそったれっ！」

ラハールは仰向《あおむ》けになって、ぜいぜい空気を吸いこむ。押さえこまれたときに擦《こす》ったのか、むき出しの膝がひりひりと痛い。

バイアスがわずかに乱れた着衣《ちゃくい》を整《ととの》えながら、語りだした。

「何を勘違《かんちが》いしていたのか知りませんが、任命書は戴冠式《たいかんしき》の際《さい》に必要な、ただの書類ですよ。サインしたからと言って、特に何か変化が起きるわけではありません」

つまり、任命書の効果《こうか》はただ一つ、正式な魔王として名を刻《きざ》むことだけだった。

「自称魔王が溢《あふ》れても、無用な争いを招《まね》くだけですからね。先代魔王や議会の承認《しょうにん》で、次代の魔王を決定するわけです」

「その制度を決めたのも、親父というわけか……？」

「ウィ。ご名答」

「……ふざけるなっ！」

次の瞬間、ラハールはバイアスに飛びかかっていた。しかしその拳《こぶし》は、こともなげにかわされてしまった。それでもラハールは、言葉とジャブを繰り出し続ける。

「貴様、一体何がしたい!?　紛《まぎ》らわしいことばかりしおって、オレさまをどこまで侮《あなど》れば気がすむ!?　ふらりと脈絡《みゃくらく》もなく出てきては、意味のないちょっかいを出しやがって！」

「侮るなど、そんな人聞きの悪いことを言わないでもらいたいですねぇ。だいたい紛らわしいことなど、わたくしがいつ言いましたか？」

断続的《だんぞくてき》に襲い来るラハールの拳を避《さ》けながら、バイアスが不本意《ふほんい》そうにぼやく。

「闘技場《とうぎじょう》でだっ！　オレさまより素晴らしい魔王になるだのなんだの、世迷《よま》い言《ごと》を抜かしておっただろう！」

「あぁ、それですか。わたくしは日頃《ひごろ》の行いのせいか、あなたが気づいていない素晴らしい力の存在を知ることができたんですよ。本当はあなたにも、それを教えてくれようとしたひとが周《まわ》りにいたはずですが……気づかなかったのですか？」

「その回りくどい言い方が気に食わん！　全てをねじ伏せる力以外に、素晴らしい力などというものがあってたまるかっ！」

打ちのめしたいのに一撃《いちげき》も当たらない。ラハールは舌打《したう》ちして、繰り出す拳をますます加速《かそく》させていった。

回りくどく言われれば言われるほど、焦《じ》れったさが増していく。バイアスも、フロンも、言葉で惑《まど》わそうとしているようにしか思えない。

理解できない者は去れ。そんな無言《むごん》の重圧に、四方八方からしめつけられ、ラハールは身動きが取れなくなっていった。

「どいつもこいつも……オレさまをバカにしおって！　貴様らが言うことなんて絶対に認めんぞ！」

しゃきっ！

完全に逆上したラハールは、腰に下げた剣を抜き放ち、素早《すばや》く振りかぶった。

「もうやめな、二人とも！」

「うぐっ!?」

唐突《とうとつ》にマントが引っ張られ、ラハールは剣から手を放してしまった。すっぽ抜けた剣は、素早く回転しながらホールの隅《すみ》へ飛んでいく。振り返ると、マントの端を姉御肌プリニーがしっかりと握りしめていた。

「き……貴様……っ」

「やめな、って言ってるんだよっ！　もうわかっただろう、暴力《ぼうりょく》で相手を抑《おさ》えつけることの無意味さをっ！」

ぎんっ！　とつぶらな瞳《ひとみ》を光らせ、脇腹を抱えた姿勢《しせい》で姉御肌プリニーは啖呵《たんか》を切った。プリニーとは思えない迫力《はくりょく》に、ラハールは思わず気圧《けお》された。

「結局、新しい悔《くや》しさがどんどん生まれてくるだけなんだ。相手はそれをバネに、何度も立ち向かってくる……今のあなたみたいにね！」

「くっ」

ラハールはぎりっと唇《くちびる》を噛《か》みしめた。

ぐりんっ！　と姉御肌プリニーは体の向きを変え、バイアスにも噛みついた。なぜかその体が、わずかに震えていた。

「だいたい、あなたもこの子と同じことをしているじゃない！　悪循環《あくじゅんかん》だってわかってるのに、どうしてこういうやり方をするの!?」

「あの……わたくしはこんなつもりでは……」

「だろうね。あたしだって、こんな役回りは嫌《いや》なんだから！」

(……なんだ、こいつら？)

緊張感のない光景《こうけい》に、ラハールは思わず脱力《だつりょく》した。なぜか恐縮《きょうしゅく》しきりのバイアスと、呆《あき》れ果《は》てる姉御肌プリニー。そう言えば、両親のやり取りもこんな感じだった気がする。

「いい？　サインをさせた以上、この子はもう魔王なんだよ？　だからもっと……っ」

とさっ。

「ど、どうしたのですか!?」

バイアスがびっくりして、姉御肌プリニーを抱え起こした。突然よろめき、床に崩れ落ちたのである。

姉御肌プリニーは浅《あさ》い呼吸《こきゅう》を繰り返しながら、バイアスにちらっと視線を送った。

「……ごめんね。また、置いていってしまうね……。もうちょっと耐えられると思ったのに……やっぱり不安定な存在だとこういうとき……困る……」

「こら、いきなり倒れて、何わけのわからんことを言っておる!? 貴様一体何が……む!?」

急激《きゅうげき》な変化に戸惑ったラハールは膝をつき、姉御肌プリニーの体をじっと見つめた。そして、ハッと息を呑んだ。

姉御肌プリニーの脇腹に、ま新しい傷口があった。

＊　＊　＊

天界への扉《とびら》に続く道を、フロンは一人逃げていた。金髪《きんぱつ》はぼさぼさに乱れからまり、青いリボンは解けかけている。背負《せお》ったナップサックは泥《どろ》まみれで、服の裾《すそ》はびりびりだ。

マデラスの追っ手がじわじわと近づいていくる。フロンの意外な粘《ねば》り強さに焦《あせ》ったのか、さっきから魔法《まほう》攻撃まで始まっていた。

「きゃあああああっ！」

どごんっ！

すぐ脇に生えていた木が魔法で吹き飛ばされ、フロンはべしゃっと転《ころ》んだ。

「こんな追いかけっこ、危ないですよ！　やめてくださいっ！」

「なら逃げるな！　待てっ！」

「待ちません！」

痛がっているヒマはない。フロンはすぐに起き上がり、森の中の街道《かいどう》をひた走る。むき出しの膝は、乾《かわ》きかけた血で赤くなっていた。

（中ボスさんのお屋敷まで、あとどのくらいなの⁉）

肺が痛い、体全身が痛い、足が重い。けれど、ラハールがそこにいると思うと、フロンはなんだか頑張《がんば》れる気がした。

不思議《ふしぎ》だ。数日前まで知らなかったひとが、こんなにボロボロの体に力を与えてくれるなんて。何をしに来た、と怒鳴《どな》られるだろう。また色々言い合いになってしまうかもしれないし、ケガをすることになるかもしれない。

だけど、なんだか近くへ行ってみたいのだ。巻《ま》きこまれてみたいのだ。

「……あ！」

見覚《みおぼ》えのある真新しい屋敷が前方に見えてきた。もう少しで会える！

白い歯をのぞかせて笑ったフロンの背後《はいご》で、赤々と燃える魔力の固《かた》まりがふくれつつあった。

「オレさまをマデラスからかばったとき……刺《さ》されていたのか……？」

「せっかくフォローしてもらったってのにね……ちょっと、離《はな》れるときにドジしたんだよ。ついてないねぇ」

ぼうっと呟いたラハールに、姉御肌プリニーはふふっと笑った。

思い返してみれば、確かに姉御肌プリニーは脇腹をかばう仕草《しぐさ》をしていた。あまり苦しがる様子を見せず、流血もないため、誰も気がつかなかったのだ。

姉御肌プリニーが、そっとラハールに手を差し出す。思わずラハールは、その手をつかんでいた。

＊　＊　＊

「……!?　貴様、これは？」

自然に空気が抜けていく風船のように、ぬいぐるみのようなその体が、急速《きゅうそく》に張《は》りを失っていた。握りしめたその手は、ラハールの手の中でじわじわと失われていく。

プリニーの中身は、罪《つみ》を犯《おか》した人間の魂《たましい》だったことを、ラハールは思い出した。

（ならばこいつは……このまま？）

「か、勝手にケガなどしおって！　オレさまは、許していないぞ！　おい、こういうときこそ貴様のお節介《せっかい》の出番っ」

うろたえて口走った自分の言葉に、ラハールはぎょっとした。

（オレさまは今、あいつを呼《よ》ぼうとした!?）

こういうときに勝手に現れて、頼んでもいない癒《いや》しの魔法をかけるあいつ——フロン。こんなところにいるはずがない。城に、置いてきてしまったのだから。

「誰を、呼ぼうとしたんですか？　あの天使のマドモワ……」

「うるさいっ！」

ラハールの剣幕《けんまく》に、姉御肌プリニーが苦笑《くしょう》する。

「だいたい、貴様は大天使とやらの依頼《いらい》で、魔界へ来たのではなかったのか？　あいつを放って、こんなところでぶっ倒れている場合ではないぞ？」

「あいつって……フロンさんだろ。ちゃんと名前で呼んであげなきゃ。今、一緒《いっしょ》にいてくれるひとを大事にして……必要とされなきゃダメだよ」

かすかに笑った姉御肌プリニーの体が、突然光を放った。手が、足が、体全ての輪郭《りんかく》が薄れていく。

「そうすればきっと、あなたのお父さんの気持ちがわかるはずだから……」

「お、おい貴様っ！　これは一体!?」

「終わりが、来るんですよ」

バイアスが静かに告げた。ラハールの背中が、ぞくりと震える。

かつても、こういう場面があったはずだ。苦しい呼吸の中から、自分に何かを残して去っていったひと——。

「ダ、ダメだダメだっ！　こんなこと、すぐにやめろ！　オレさまはこんなこと認めんぞっ！　オレさまは……！」

ラハールは、薄れゆく姉御肌プリニーの体に触れようとした。しかしその指には、なんの手応えもなかった。

「ありがとう。……じゃあね」

姉御肌プリニーは、バイアスの腕の中で消えていった。少しくたびれたカバンだけを遺して。

「ダメだ、と……言ったのに……」

「わたくしはあなたに言いましたね。素晴らしい力を教えてくれるひとが、あなたの近くにもいたはずだ、と」

呆然《ぼうぜん》と呟いたラハールにバイアスが話し始めた。悲しみに満ちた顔で髪をかき上げる。

「彼女もそのうちの一人でした。わたくしはあなたに、自分の力で気がついてほしかったんですよ。あなたには、それが回りくどく感じてしまったようですが……。さぁ、あなたはこれからどうしますか？　サインをした以上、今はあなたが魔王と名乗っていいのですよ？」

「これから、だと？」

バイアスはうなずいて、任命書をかざして見せた。

ラハールは、任命書をぼんやりと眺《なが》めた。あれほど神々《こうごう》しく見えていた文面が、ただの記号の固まりのように見えた。

（オレさまは結局、なんのために魔王になったのだ？）

魔王の称号《しょうごう》をもぎ取ったはずなのに、このむなしさはなんだろう。

新たな能力を得たわけでもない。魔王になったその先にあったのは、魔王という肩書《かたが》きだけ。

その肩書きですら、マデラスと戦えば奪われてしまうかもしれない。命とともに。

夢中で走ってきた道は途切《とぎ》れ、続きはぽっかりと闇《やみ》に隠れていることに、ラハールは気がついてしまった。

「オレさまには……何もなかったというのか？」

＊　＊　＊

バイアス邸《てい》の前の石畳《いしだたみ》が、魔法でやすやすとめくり上げられて吹き飛んだ。

「あ、危《あぶ》なかったです」

玄関のシンプルな白いアーチに、フロンはふらりともたれかかった。追っ手の放《はな》った魔法をどうにか避けたのもつかの間、その隙《すき》に追いつかれてしまったのである。

「さんざん、手間《てま》かけさせやがって！」

「とろそうな顔してるクセに！」

「ひとを見かけで判断《はんだん》しちゃいけないんですよっ！　……とろいっていうのは本当ですけど」

悪魔たちの非難《ひなん》に、フロンは思わず言い返していた。

迫《せま》る追っ手を引《ひ》き連《つ》れたまま、フロンは玄関へと駆けこむ。そこへ追っ手の悪魔が、魔法を投げつけた。

どごぉぉぉぉおん！

「はううううっ！」

直撃《ちょくげき》をどうにか免《ぬまか》れ、フロンは爆風《ばくふう》とともに屋敷の中へと転がりこんだ。

ごろごろ、と前転したフロンの体が、どすんと誰かの足にぶつかって止まった。フロンがふっと見上げると――。

「貴様っ、どうしてここに!?」

「ラハールさん！」

本物だ。目つきの悪さも、まだ子供っぽい手足も、ぶっきらぼうな声も……。フロンは躊躇《ちゅうちょ》なく思いきり飛びついた。

「どわっ!?」

突然飛びつかれたほうはたまったものではない。ラハールは飛びつかれた勢《いきお》いでバランスを崩し、フロンを抱えこむような形で尻餅《しりもち》をついた。フロンはお構いなしに、ぎゅっと首元にすがりつき、何度もその名を呼ぶ。

「ラハールさん、ラハールさんっ！　わたし来ちゃいました。逃げて来ちゃったんです！」

「おいこら、首っ！　首を、しめるなぁぁあっ！」

「あぁぁあ、ごめんなさいっ！　今、手をどけますから！」

そんなやり取りをしているフロンたちの後ろが、急に騒《さわ》がしくなった。どやどやと、追っ手の悪魔たちが乗りこんできたのである。

「ガキめ、なめた真似しやがって！」

「殿下もここにいるぞ。変な悪魔も一緒だ！」

「ついでだ、捕まえろっ！」

「……やれやれ、今日は千客万来《せんきゃくばんらい》ですねぇ」

ため息をついて、バイアスがしなやかな動作《どうさ》で迎《むか》え撃《う》つ。たちまち鈍《にぶ》い音やうめきがホールに響いた。

（あら？）

一呼吸置いてから、フロンは姉御肌プリニーの姿がないことに気づいた。城を駆け出していったときまでは、確かにラハールの近くにいたのに。

「ラハールさん。プリニーさんはどうしたんです？　一緒だったんじゃないんですか？」

「いや……ヤツは……」

ラハールは力なくかぶりを振ると、ぽつんと言った。フロンに視線を向けないまま。

「ヤツは、いなくなりやがった。一緒にいるひとを大切にしろだのなんだのと言い残して、勝手にいなくなりやがった！」

「いなくなる？　……ラハールさん、それってもしかして！」

フロンはさっと顔色を変えた。答えは、すぐ隣《となり》から聞こえてきた。

「そのままの意味ですよ、マドモワゼル。彼女は……終わりを迎えてしまいました」

バイアスが、カバンをそっとフロンに差し出した。間違《まちが》いない。姉御肌プリニーがしょっていたカバンだ。それでは本当に——。

フロンは瞳を潤《うる》ませ、カバンを抱きしめた。

詳《くわ》しい理由はわからないが、姉御肌プリニーは、ラハールの目の前でいなくなってしまった。そのときに遺した言葉が、『一緒にいるひとを大切にしろ』だったということは……きっと彼女も、ラハールの孤独《こどく》を見抜いていた人物だったのだ。魔界のことをよく知っていて、ラハールをずっと気にかけていたひと。

彼女が誰だったのか、なんとなくわかった気がしたが、ラハールには言わないほうがいいような気がした。彼女だって、そんなことを望んではいないだろう。

（プリニーさん、どうか、わたしに力を貸《か》してください。わたしの言葉が、ラハールさんを傷《きず》つけなくてすむように）

フロンはもう一度、姉御肌プリニーが遺したカバンをぎゅっと抱きしめた。そして大きく息を吸い、切り出した。

「……ラハールさん。わたし、本当は怒《おこ》ってるんですよ。お城から逃げるとき、足手まといだとかなんだとか言って、置いてっちゃったんですから！」

「なっ……貴様！」

ラハールはムッと表情を曇《くも》らせた。力なく沈んでいた瞳に、一瞬、いつもの鋭い光が戻った。

「オレさまはついて来るなときっちり言ったんだぞ？　それなのにこんなところまでのこのこついて来たのは貴様の責任だ。勝手に来て文句《もんく》を言うな！　クソ迷惑《めいわく》だ！」

「はい、そうです。勝手について来たんですから、勝手にしゃべらせてもらいます。昨日も言いましたけど、ラハールさんはもっと、相手の気持ちを考えるべきですっ！　物扱いされたひとがどう思うかとか、放っておかれたひとがどう思うかとか。結構淋《けっこうさび》しかったんですからね！　それで、任命書はどうなったんですか!?　見つかったんですか!?」

「……っ」

ラハールはなぜか言葉を呑んだ。その隙をついて、バイアスがひょっこり口を挟《はさ》む。追っ手悪魔との戦いは終わっていたようだ。

「きちんとありますよ、マドモワゼル。しかもばっちり署名つきです」

彼は挑発《ちょうはつ》するかのように任命書をひらつかせた。確かにそれには、ラハールの署名がしてある。

フロンはパッと顔を輝かせた。

「じゃあ、正式な魔王さんになったんですね、ラハールさんっ！　胸《むね》張ってお城に戻れますね……あれ、ラハールさん？」

ところがラハールはぶすっとむくれ顔のまま、あまり嬉《うれ》しそうな顔をしなかった。小首を傾《かし》げたフロンに、バイアスが言葉を継《つ》ぐ。

「美しくないことに、なったはいいけれどその後のことをさーっぱり！　考えていなかったんですよ。それで、周りに誰もいないし、何もないっていじけちゃってるんです。困ったひとですねぇ」

「だ、誰がいじけてなどいるものか！」

ラハールの抗議《こうぎ》を黙殺《もくさつ》し、バイアスはフロンににっこりと笑いかけた。

「さぁ、どうしましょうね、マドモワゼル？　なんならこれ、ポイッと捨てちゃいましょうか？　いっそ燃やしてしまったほうが、潔《いさぎよ》くて美しいかもしれませんねぇ」

「ダ、ダメです！　そんなことさせません！　それ渡してください、中ボスさん！」

フロンはバイアスの腕にがばっと飛びついた。しかしバイアスはひょいっとそれを避け、すたたっと階段へと走っていく。フロンもすかさず追いかけ、任命書に手を伸ばす。

「ほらほら、こちらですよ」

「えいっ！　あぁ、もう少し。今度こそ！」

「フフフ、惜《お》しかったですねぇ」

「おい、貴様ら、何をしている!?」

フロンとバイアスは任命書をめぐって、屋敷中追いかけっこを始めていた。二階の廊下をフロンと並《なら》んで走りながら、ラハールが言った。

「もういいっ！　あんなもの放っておけ。どうせそれには、力など込められていなかったのだ。単なる紙切れに、なぜ他人の貴様がそこまでする？　なんの得《とく》もないのだぞ!?」

「得ならあります！」

逃げ回るバイアスを追って階段を駆け下りながら、フロンは叫んだ。バイアスが一階に降り、すたたっとホールを横切っていく。

「ラハールさんが魔王さんになれるじゃないですか。そうしたら、わたしの気持ちが得するんです。嬉しいって……よかったねって思えるから。だってわたし……わたしはっ！」

フロンは階段の手すりを乗《の》り越《こ》え、えいっと思いきりジャンプした。その下には、走り回っていたバイアス！

「わたしは、ラハールさんの味方《みかた》になりに来たんですから！」

どすんっ！

「ぐはっ!?」

フロンは見事にバイアスの上に落下した。完全に不意《ふい》をつかれ突《つ》っ伏《ぷ》したバイアスから、フロンは任命書をひょいっと抜き取った。

「中ボスさん。これ、返していただきますね。それから、乱暴なことしちゃってごめんなさい」

「マ……マドモワゼル……思い切ったことをしますね……」

苦しげながらも微笑《ほほえ》んだバイアスに、フロンもにっこり微笑んだ。

ラハールが呆れ果てながら、どたどたホールへ降りてきた。

「あ、ラハールさん。取り返しましたよ、任命書。はい、どうぞ！」

「き……貴様！　とろいくせに何アホな真似をしている！　首の骨《ほね》がぽっきりいっても、オレさまは知らんぞ！」

「だって、こうしないと中ボスさんには追いつけないじゃないですか。だからちょっと、頑張ってみちゃいました」

「頑張ってみちゃいました、ではない！　どうして貴様はオレさまを放っておいてくれないのだ。うっとうしくてたまらん！」

「そんなの嘘《うそ》です。本当は、置いていかれるときが来るのを怖がってるだけです！」

フロンはきっぱり言って、がばっと立ち上がった。

ラハールの母は、ラハールの目の前でいなくなってしまった。母の遺した想いを知ろうとしても、納得《なっとく》できる答えは返してもらえなくて……ずっと心の中でくすぶり続けている。

「怖い、だと？　……ハッ、バカを言うな。腑《ふ》抜《ぬ》けどもに恐怖《きょうふ》を与えてやるならともかく、このオレさまが怖がっているなど、そんなアホらしい話があるか！　認《みと》めないぞ！」

「それですっ！　気づいていますか、ラハールさん。よく自分で『認めない』って言ってること。ラハールさんは、色んなことでそうなんです」

フロンはすっとラハールの目をのぞきこんだ。ラハールがたちまち落ち着かなくなる。

この近距離《きんきょり》では、視線を逸《そ》らそうとしてもうまく逸らせない。

「悲しいとか淋しいだとか、いろんな気持ちになるのはどうしてなのか、その理由がわからなくて、もどかしくなっちゃうから、つい乱暴に振《ふ》る舞《ま》っちゃう。全部めちゃくちゃにして見なかったことにしちゃえば、いったんはすっきりするから。違《ちが》いますか？」

ラハールが、ぽかんと口を開けた。はじめて見せた無防備《むぼうび》な表情に、フロンは日だまりのような笑みを浮かべた。ラハールの心がまた少し見られた気がして。

「でもそれって、かえって皆さんを遠ざけちゃうんですよ。魔王さんになったんでしょう？

一人じゃ魔王さんなんかできません。なのに、ラハールさん、自分だけでどうにかしようとしてます。……そんなラハールさん見てたら、魔界へ来てすぐのわたしをちょっと思い出したんです。これも試練《しれん》だって思うことにして、無理矢理頑張ろうとしてたわたしを……」

だからこそ、フロンにはわかったのかもしれない。試練だと言い聞かせたように、ラハールも自分の孤独や淋しさを認めたくなくて、強がっているのだと。

フロンは、しゃきっと背筋《せすじ》を伸ばした。

「だから、決めたんです。わたしは、ラハールさんの味方になろうって！」

「味方……？」

「そうです！　だからラハールさんがなんと言おうと、勝手についてっちゃうんですから！」

フロンはきっぱりと言った。思い切って牢から逃げてきたのも、そのためだったのだ。

ラハールのために、何かしたかった。してあげたい、ではなく、『自分が』したかったのだ。

けれどフロンは、強い攻撃魔法が使えるわけではないし、特別賢《かしこ》いわけでもない。唯一《ゆいいつ》できるのは、ラハールの隣にいること。だから――。

フロンはパンッと胸を叩いた。

「これからは、誰もいないとかそんなこと心配しないでください。未熟者《みじゅくもの》ですけど、精一杯《せいいっぱい》お手伝いします。それで、ほかの悪魔さんにも味方になってもらいましょう。味方の輪《わ》っかを、どんどん魔界中に繋《つな》げていくんです。そしたら、魔王が誰かなんて争わなくたってすみます。任命書もあることですし、鬼《おに》に金棒《かなぼう》ですっ！」

名案とばかりに、フロンは誇らしげに胸を張った。

「…………目眩《めまい》がしてきたぞ」

（あらら？）

ラハールがこめかみを押さえ、がっくりと肩を落とした。

「一つ忘れていることがあるだろう。まだ、マデラスと戦うなという気ではあるまいな？　ヤツとは、いずれにしろ決着をつけなければどうにもならんのだぞ」

「うっ……そ、それはそうですよね。悪魔さんたち助けに戻ったら、マデラスさんは攻撃してくるでしょうし、でもでも、ただ殺しちゃったりするのもやっぱり違うし……」

目をぐるぐると回しながら、フロンは唸《うな》った。でも答えは単純《たんじゅん》だ。

フロンは、姉御肌プリニーのカバンを握りしめて笑った。どうかこの気持ちが伝わって、ラハールの心に広がってくれるように、と。

「でも、わたしはラハールさんを信じます。最後は絶対、悪魔さんたちを守ってくれるって」

ラハールは絶句《ぜっく》した。そして——

「……く……くくく……ハーハッハッハッハッハッ！　本当に……おめでたいヤツだな。その根拠《こんきょ》のない自信は、一体どこから来るんだろうな!?」

ラハールが腹を抱えて笑いだした。体をくの字にまげ、遠慮会釈《えんりょえしゃく》ない爆笑《ばくしょう》状態である。

「ちょっと、どうして笑うんですかっ！　わたしは真剣《しんけん》に言ったんですよ！」

「ああ、そうだろうな。だから変なヤツなのだ。戦力にはならんわ、平和がどうとかわめきまくるわ、ひとの話は聞かんわ、魔界では思いっきり役立たずだ。こんな危なっかしいヤツを味方とやらにできるのは、このオレさましかおるまい！」

ラハールは顔を上げた。そのつり上がった赤い目が、フロンの丸くて青い目へしっかりと合わせられる。

「よかろう、今からオレさまの味方とやらに認定《にんてい》してやる！　ありがたく思うんだな！　フロ・・ン！」

ラハールはにやっと、愉快《ゆかい》そうに——本当におもしろそうに微笑んだ。

肖像画の微笑によく似た、無邪気《むじゃき》な表情だった。

（あ……！）

「悪魔のオレさまを信じるなどと……天使のくせに、おかしなことを言いおって」

「本当ですね、わたしも不思議です」

フロンも頬《ほお》を桜色に染め、とびっきりの笑顔を見せた。その足元に横たわっていたバイアスが、にやりと口の端《はし》を持ち上げた。

傾きかけた太陽の光で、赤土色に染まった魔王城。

「ラハールさん、いいですか。行きますよっ！」

「うむ、オレさまに遅《おく》れるでないぞ！」

真新しいマント姿のマデラスが玉座《ぎょくざ》に腰かけようとしたそのとき、玉座の間のドアが、何者かによって大きく蹴り開けられた。戻ってきた、フロンとラハールである。

「やぁ、ようこそお客人！　新たな魔界の支配者、マデラス誕生《たんじょう》の日によく参《まい》られた！」

ぱりっとしたスーツと真新しいマントに身を包んだマデラスが、ばさりと大仰《おおぎょう》な仕草でマントを翻《ひるがえ》した。

玉座の周囲《しゅうい》には、幾人《いくにん》かの悪魔がひざまずいていた。表情はいずれも、忠実《ちゅうじつ》な部下《ぶか》といった雰囲気《ふんいき》ではない。ひたすら媚《こ》びるような目をする者、気に食わなそうな目をする者、実に様々である。

マデラスはわざとらしく間をおいて、ねちりと嫌な笑いを浮かべた。

「……おやおや、よく見れば先代の息子ラハールくんではないか。早速魔王即位《そくい》の祝儀《しゅうぎ》でも持って来てくれたのかな？」

「貴様、このオレさまの登場を、ガキの遣《つか》いのように表現するなぁぁあっ！」

「ラハールさん、ダメですっ！　さっきお約束したばかりじゃないですか！」

「……じょ、条件反射《じょうけんはんしゃ》だ、仕方あるまいっ！」

あからさまな挑発に剣を抜きかけたラハールを、フロンはあわてて止めた。

途端に、悪魔たちがどよめく。これまでのラハールならば、この程度の制止など聞き入れるはずがない。彼らの目は明らかにそう言っていた。

気を取り直し、ラハールはマデラスに見下しきった言葉を浴《あ》びせかけた。できるだけねちっこく。

「残念だったな、マデラス。オレさまはお遣いに来たのでも物見遊山《ものみゆさん》に来たのでもない！　貧《ひん》相極《そうきわ》まりない一般議員止まりのザコから、オレさまの玉座を守るためにやって来たのだ！」

「……何っ⁉」

「貴様がそこへ憧《あこが》れるのはよくわかるがな、そこは選ばれし者のみ座ることを許された場所だ。オレさまの留守《るす》を狙《ねら》い、玉座に座って魔王気分を味わおうとするしみったれたクソ野郎《やろう》なんぞには、触《さわ》らせるだけでももったいないのだ！」

「な、な、何が、言いたい⁉」

　ラハールは小枝《こえだ》のようなしなやかさでふんぞり返り、高らかにこう宣言した。

「さあ、マデラス！　そんなしみったれた行為《こうい》をするくらいなら、もう一度オレさまと勝負しろ！」

「言われなくてもそうしてくれる！　覚悟《かくご》しろ！」

　耐えかねたマデラスが吠《ほ》え、すらりと剣を抜き放つ。ラハールは剣に手すらかけず、べーっと舌を出し、いきなり背を向け走りだした。

「待て、逃げる気かっ！」

　追いすがって剣を振りかぶろうとしたマデラスの足下を狙って、

「えぇいっ！」

　フロンは両手いっぱいのビー玉を投げつけた。

「うぐっ⁉」

ラハールに意識《いしき》を向けていたマデラスは、見事に足を取られて転倒《てんとう》した。色とりどりのビー玉とマデラスという、とてつもなく間抜けな組み合わせに、思わず悪魔たちが吹き出した。

その隙に、フロンたちは廊下へ一気に走り出た。屈辱《くつじょく》で、灼熱《しゃくねつ》の炎《ほのお》のように顔を染めたマデラスが、距離を縮《ちぢ》めようと、ぶつぶつ呪文《じゅもん》を唱《とな》えかける。その頭上《ずじょう》に、ばしゃあっ！　と水が降りかかる。

「城内は火気厳禁《げんきん》ですよ」

掃除用のバケツを抱えたバイアスが、清々《すがすが》しい笑顔を見せた。

「お、おのれっ！」

今の横やりのせいで、練《ね》り上《あ》げた魔力は霧散《むさん》してしまった。反撃しようとしたマデラスに、今度はフロンが入り口のほうから、ひらひらと手を振る。

「迷子《まいご》になっちゃったんですかー？　わたしたちはこっちですよ」

「ぬ、ぬ、ぬ、ぬ！」

マデラスの顔が再《ふたた》び真っ赤に染まり、こめかみにくっきり血管が浮かび上がった。

「何がしたいのだ、あのクソガキどもはっ⁉」

「……それにしてもフロンよ。なんか空《むな》しくないか、この作戦？」

「えー、いいじゃないですか。結構平和的ですよ？」

「そうか？　オレさまには果てしなくまどろっこしく感じるのだが……」

城内を疾走《しっそう》しながらぼやいたラハールに、フロンは微笑んだ。

フロンたちは、マデラスを外へおびき出そうとしていた。

言い出しっぺはもちろんフロン。また城内で戦えば、なんの罪もない悪魔たちが巻きこまれたりするだろう。それだけは絶対に避けたかったのだ。

手を替え品を替え挑発《ちょうはつ》し、マデラスに悟《さと》られないようにじりじりと城外を目指す。戴冠式の資料探しで城の構造を覚えたのが、思いがけず役に立って嬉しい。

血の気の多いラハールにとっては、苦痛《くつう》以外の何ものでもないようだが、我慢《がまん》してもらうことにした。戦いが終わって魔王となれば……今度こそ確実に、ラハールがこの城の主《あるじ》になるのだ。

（こうしてちょっとずつ変わっていくのを見れば、悪魔さんたちもラハールさんのことを信頼《しんらい》してくれるようになるわ、きっと！）

フロンは確信に満ちた表情で、廊下を走り抜けていった。

＊　＊　＊

「参《まい》ったわねー」

騒《さわ》ぎを聞きつけてやって来たエトナは、目を丸くして頭をかいた。一緒にいたプリニー隊《たい》たちも、一様《いちよう》に驚きを隠せずにいる。

エトナもフロンも、城の悪魔たちまで置き去りにして、尻尾《しっぽ》を巻いて逃げ出したラハールが、フロンと一緒になって走り回り、マデラスをおびき出そうとしているのだから。

「何があったんだかねー」

「さぁ、知らないっス」

エトナはぶっきらぼうに頭をかくと、プリニー隊に何事か指示を出す。

そして大きく伸びをすると、城中から集まってきた悪魔たちのほうへと歩いていった。

「こんな姿見せられちゃ、また期待《きたい》しちゃうじゃないですか、殿下」

＊　＊　＊

——そろそろいいだろう。

ラハールは闘技場横の空き地でぴたりと足を止めた。どこまでも平坦《へいたん》な赤土質の地面に、長い影が伸びる。雑草すらまばらで、点々と低木が生えている以外は障害物《しょうがいぶつ》のほとんどない、戦うにはふさわしい場所である。

フロンの願いを受けて、今にも飛びかかりたくなるのをこらえてはみたが、もうそろそろ限界《げんかい》だ。ここまでマデラスに手をかけずに済んだのも、奇跡《きせき》に近い。

今度こそ本当の、そして、最後の勝負のときである。

「いい加減《かげん》にしろ、クソガキどもめ！　とんだ茶番《ちゃばん》につき合わせておって！」

怒り心頭《しんとう》のマデラスは、見るからにみすぼらしい姿と化していた。パリッと糊《のり》を利《き》かせていたスーツも、得意《とくい》げに翻していたマントも、水で体に張りつき、無惨《むざん》なものである。抜きはなった剣の先からも、ぽたぽた水滴《すいてき》が垂《た》れていた。

ラハールは失笑《しっしょう》した。

「無様《ぶざま》なものだな、マデラス。所詮《しょせん》、付《つ》け焼《や》き刃《ば》は剝《は》げやすいのだ。あきらめろ」

「貴様らの仕業《しわざ》だというのに、いけしゃあしゃあと抜かしおって！　親子揃《そろ》って、本当にいけすかぬ！」

マントとスーツの上着を脱《ぬ》ぎ捨《す》て、マデラスがぎりぎりと歯ぎしりをした。歯が砕《くだ》けてしまうのではないかというほどの強さで。

「ラハールさん……」

背後から、心配そうなフロンの声がした。振り向かずとも、声色《こわいろ》だけでどんな顔をしているかわかる。不安、かすかな恐《おそ》れ、そして希望。色々な想いをごちゃ混ぜにした、なんとも情けない顔だろう。

視線をマデラスへと向けたまま、ラハールは手を横に突き出し、びしっと親指を立てた。

「間の抜けた声を出すな、フロン。オレさまが負けるはずがなかろう！　後ろで昼寝《ひるね》でもしながら待っているがいいっ！」

「わたし、全然眠《ねむ》くないですよ？」

「バ、バカ者！　たとえだ、たとえ！　とにかく、どんと構えているがいい！」

「……はいっ」

「さあ、マドモワゼル。わたくしたちはギャラリーを決めこむことにしましょう」

少し固い返事とともに、すすっとフロンとバイアスの気配が遠ざかった。

「負け犬が、余裕だな？」

マデラスがすっと、ごつごつした手のひらを前に突き出す。

「やかましい、元祖《がんそ》負け犬」

ラハールも愛用の剣をようやく抜き払う。

二人の殺意が込もった視線がからみ合った。

ごうっ！

戦いの幕《まく》は、マデラスの放った衝撃波《しょうげきは》で切って落とされた。

「うおぉぉぉぉっ！」

衝撃波は単なる号砲《ごうほう》にすぎなかったのか、マデラスが野太《のぶと》い咆吼《ほうこう》をあげ、ラハールに走り寄ってきた。握った拳からは、バチバチと闇色の火花が飛んでいる。

（直接殴《なぐ》りつけてくる気か⁉）

接近戦《せっきんせん》に持ちこんではまずいと後方《こうほう》に飛んだラハールに、五条の黒いレーザーが追いすがる。

握り拳をぱっと開く勢《いきお》いを利用し、魔力を五等分したのである。

「何っ⁉」

ラハールは上体《じょうたい》をしなやかに反《そ》らすことで、とっさにそれを避けた。

「きゃあああっ、ラハールさん、しっかり！」

後ろから、けたたましいフロンの悲鳴が聞こえてきた。ラハールは視線もやらずに怒鳴りつける。

「いちいちわめくな、フロン！　かえって気が散るわい！」

「ごめんなさい！　わかりました、黙ってます……ラハールさん、右です、右っ！」

「……わかっておらんではないか！」

舌打ちして、ラハールは迎撃《げいげき》に意識を戻す。

わずかにできた隙にマデラスが間合《まあ》いを詰め、ぶんっと剣を振り下ろす。それをラハールは難《なん》なく受け止め、さらに全身のバネを使って押し戻した。

フロンが足を治療《ちりょう》したため、なんの不安もなくこんな真似ができた。

ぎぃん、がきっ、しゃあっ！

叩《たた》きこむ勢いで、二人の刃《やいば》が交差する。パワーバランスも太刀筋《たちすじ》も、最初の戦いとほとんど変わっていない。

(当然か)

激しい斬り合いの最中にも関わらず、ラハールは内心苦笑した。結局、任命書を手にしたところで新しい魔力など手に入っていない。足のケガをフロンに治《なお》してもらった以外は、最初とほとんど変わらない条件なのだから。

フロンには安心しろ、と言ったものの、正直《しょうじき》どちらが勝利してもおかしくない。

(だが、オレさまは絶対に負けん！　やかましい『味方』とやらがついているのだからな！)

剣戟《けんげき》のタイミングをわざと狂わせ、ラハールはマデラスの剣圧《けんあつ》をわずかに殺《そ》いだ。大きくマデラスの刃を上へ撥《は》ね上《あ》げ、かすかに開いた腹部を狙い、剣が一閃《いっせん》する！

ざしゅっ！

「ぐあああああっ！」

苦悶《くもん》のうめきをあげ、マデラスは顔を歪《ゆが》めた。その脇腹に、一筋の赤い線。

大きく後退《こうたい》したマデラスに追いすがりながら、ラハールは叫んだ。

「妙なプリニーの恨みは、きっちりはらさせてもらったぞ、マデラス！」

「……意味不明なことをっ」

舌打ちしたマデラスの両手に、二つの魔力の炎が燃え上がった。

「ふぬっ！」

「どこを狙っている？」

両手で投げ下ろされた炎を、ラハールは難なく避けた。しかしその目前《もくぜん》に、避けたはずの炎がいきなり現れた！

ばうんっ！

「くっ」

足下で爆発《ばくはつ》した炎を、巧《たく》みなステップでどうにかやり過ごした。両手同時と見せかけて、わずかにタイミングをずらして放たれていたのである。

肝《きも》を冷やしたそのとき、フロンが悲鳴をあげた。

「こら、叫ぶなと言ったろうが！」

「それが、……木に燃え移っちゃったんですっ！」

「何っ⁉」

真っ白な煙が、みるみる間に辺りへ流れ始めた。

ラハールが避けた炎が着弾《ちゃくだん》したのは、運悪く数少ない低木の真上だった。やせた木は瞬《また》く間に燃え上がり、ごうごうと炎を吹き出していく。

「ど、どどどどうしましょう、中ボスさんっ！」

「落ち着きなさい、マドモワゼル！　まず水を調達《ちょうたつ》しなければなりませんね」

「うう、こういうことがないようにって、場所を選んだのにっ！」

声だけでも、彼女が動転《どうてん》しているのがはっきりわかる。

「こら、フロン！　叫び散らすヒマがあったら消せ！　水は闘技場からでも持ってこい！」

「そ、そうですね。じゃ、早速！」

フロンが走りだそうとしたとき――。

じゃばっ！

狙い違《たが》わず、水が低木へと力強く浴びせられた。的確《てきかく》な狙《ねら》いと細い木であったことで、火は一かけで鎮火《ちんか》した。

「……全く、何やってるんですか殿下。周りのことを考えて戦えって、朝も言ったじゃないですか」

空のバケツを手にしたエトナが現れ、微笑んだ。

「エ、エトナ!?」

「はいな♥殿下、フロンちゃん、お帰りなさいませ」

全く悪びれた様子もなく、エトナはバケツをぶんぶん振り回した。後ろにはプリニー隊が、水をたっぷり張《は》ったバケツをぶら下げて続いている。

「お、お前……ラハールを裏切《うらぎ》ったのではなかったのか!?」

マデラスがギッとにらむのを受け流し、エトナがにんまりと笑った。

「腹心《ふくしん》を辞《や》めるとは言いましたけどね。殿下の配下《はいか》を辞めるとまでは言ってないですよ」

「エトナさん!」

ぱっと顔を輝かせたフロンに、エトナはぱちんとウインクしてみせた。

「殿下、城の悪魔たちは一応安全なところに誘導《ゆうどう》しておきましたよ。だから、城門くらいまでなら被害拡大《ひがいかくだい》オッケーです!」

「闘技場は、オレたちが守るっスー!」

「だから、安心してやっちゃってくださいね♥」

(調子のいいことを言いおって……)

呆れ返ったラハールだったが、すぐに笑いがこみ上げてきた。エトナらしいではないか、と。これくらい図太《ずぶと》いほうが、魔王の腹心としてふさわしいかもしれない。

「よし、フロン、エトナ、プリニーども！　オレさまの城と闘技場は任せたぞ！」

「はい、どーんと任せてください！」

「了解《りょうかい》っスー」

「でも、ちょっとは気を遣って戦ってくださいよー」

ラハールはエトナの余計な一言にフッと微笑んで、マデラスに突っこんでいった。

「はぁぁぁぁあっ！」

ざくっ！

それまで繰り出されていたのと同じ単純な一薙《ひとなぎ》。ところがそれは、タイミングを計《はか》っていたはずのマデラスの体を深く傷つけ、大きく吹き飛ばした。

「なっ……お前、今どんな小細工《こざいく》を使った⁉」

ざっくりと切り割られた肩先《かたさき》を押さえ、マデラスはよろめいた。どっと噴《ふ》き出《だ》した脂汗《あぶらあせ》が、ぽたぽた地面に落ちていく。

「ありえん、なぜ急にスピードが上がったのだ⁉」

「見たか、これが偉大《いだい》なるラハール様の真の力だ！」

胸を張ってはみたものの、理由を知りたいのはこちらのほうだった。

今、フロンたちの言葉に後押しされるように、急に体が軽く感じたのだ。追い風に吹かれたときのような、圧倒的《あっとうてき》な開放感《かいほうかん》だった。

「バカな……今のは錯覚《さっかく》だ、そうだ、そうに決まっている！」

得体《えたい》の知れないものを見るように、マデラスがラハールをねめつけた。

焦燥《しょうそう》を振り払うように斬りかかってくるマデラスの太刀筋が、だんだん鮮明《せんめい》に見えるようになってくる。

（この感覚《かんかく》は一体……？）

今まで力を振《ふ》り絞《しぼ》ってきたのが嘘のような開放感に、ラハールはそら恐ろしささえ覚えた。

その耳に、フロンたちの声援《せいえん》が、ひっきりなしに飛びこんでくる。

「ラハールさん、危ないっ！」

「……あぁ、もうちょっとで急所《きゅうしょ》だったのに。殿下、狙いが甘いですよ！」

「エトナ様、なんか目が座ってるっスー！」

いつしかラハールには、それらが士気《しき》を鼓舞《こぶ》するコーラスのように思えてきた。

その音色《ねいろ》に止めどなく気力を引き出され、ラハールはますます軽快なステップでマデラスへと迫っていった。

がぃん！

もう幾度目かわからないつばぜり合い。

「こ……今度こそ、どうだ！　これならば、小細工など使えまい！」

かみ合った刃が、二人のちょうど中央地点でがくがく震《ふる》える。一瞬でも別のことに気を散らせば、瞬く間に体勢《たいせい》が崩れる。拮抗《きっこう》する二人の力比べになるか、と思われたそのとき、こらえきれなくなったフロンが、思いのほとばしる絶叫《ぜっきょう》をあげた。

「全力出してください、ラハールさんーっっ！」

「う……うおおおおおおおおおおっ！」

雄叫《おたけ》びをあげたラハールの刃が、じりじりと確実に、マデラスを押しやり始めた。

「バカな……バカな!?」

「はあああああっ！」

ばんっ！

ついにラハールのパワーがマデラスを上回り、刃をはねのけた。続けざまにラハールは渾身《こんしん》の力を込め、マデラスの剣に刃を叩きつける！

ぎぃん！

一撃に耐えかね、ついにマデラスの剣が中程《なかほど》からぽっきりと折れた。バランスを崩し、マデラスはどさっと倒《たお》れ伏《ふ》した。

その顎先を、ラハールが力一杯蹴り上げる。

「んぐぅっ!?」

もんどり打ったマデラスの体が、二、三度バウンドして、ぐったりと力を失う。

ラハールは油断《ゆだん》なく歩み寄り、マデラスの喉先《のどさき》にちゃりっと剣先を当てた。白目を剝《む》いて、完全に昏倒《こんとう》している。

「……今度こそ、オレさまの勝ちのようだな」

マデラスの首筋《くびすじ》にひたりと剣を押しつけたまま、ラハールはにやりと笑った。

「母上の無念《むねん》、このオレさまが晴らさせてもらうぞ！」

ラハールは、剣を大上段《だいじょうだん》に振りかぶった。

＊　＊　＊

「ラハールさん、何やってるんですか!?　それじゃマデラスさん死んじゃいますよ！」

「バカ者、来るな！」

不穏《ふおん》な様子にピンと来たフロンは、慌ててラハールのもとへと駆け寄った。フロンが放り投げた空バケツがたてた盛大《せいだい》な音にも、マデラスはぴくりとも動かない。

ぎょっと目をむいたラハールが、刃の狙いを外す。幸い刃は皮一枚も傷つけてはいなかった。

そのことにほっとしながらも、フロンはキッとラハールをにらんだ。ぐったりと横たわるマデラスの前に、手を広げて立ちふさがる。

マデラスが意識を取り戻したら、格好の餌食《えじき》となる体勢だ。

油断なく剣を構えたラハールの首筋に、どっと珠《たま》の汗が浮かんだ。

「そこをどけ、フロン！　マデラスにみじん切りにされたいのか？　そいつは改心《かいしん》したわけではないのだぞ！」

「それくらい、いくらわたしだってわかってますよ。でも、どきません。さっき散々《さんざん》ハラハラさせられたんですから、わたしだってハラハラ返しさせてもらいますからねっ！」

フロンは一歩も引かず、ぷんっとそっぽを向いてみせた。ラハールがいらだった。

「オレさまがいつハラハラさせた!?　そっちのほうがよほど心臓に悪いではないか！」

「平気ですよ。マデラスさん完全にお休みになってるんですから。それよりもラハールさん、今どさくさに紛れて殺しちゃおうとしたでしょ！」

ぐぐっ、とラハールが言葉を詰まらせた。図星《ずぼし》のようだ。非難の眼差《まなざ》しを向けると、いきなり開き直る。

「それのどこが悪い？　だいたい、どうしろと言うのだ？　こいつの命を助けたところで、今さら涙流して仲良しこよし、なんてムシのいい話、あるわけがないからな」

エトナもうなずいた。

「ま、確かに殿下の言うとおりですよね。こいつ、死んでも反省《はんせい》しなさそうです」

「貴様がそれを言うな。さあ、言え。フロン、お前はどうするつもりだ？」

フロンは身じろぎもせず、きっぱりと言い放った。

「このまま封印しましょう。ラハールさんのお父さんがしたように」

「……」

ラハールは返事をしなかった。苦虫《にがむし》を嚙みつぶしたような顔をしたまま、じっと倒れたマデラスを見つめている。その胸の中には、これまで溜《た》めこんだ憎しみがもやもやと波打っているのだろう。その気持ちを捨て去るのが難《むずか》しいことは、フロンにもわかる。

けれど、マデラスを封印することこそが、ラハールにとって母の一件を乗り越える唯一の方法なんじゃないかとフロンは思ったのである。

「……そんな顔しないでくださいよ、ラハールさん。なんか、わたしまで胸がぎゅーっとしてきちゃいます」

　フロンは、ラハールの眉間をぐりぐりと押した。

「大丈夫《だいじょうぶ》です、きっと全部うまくいきます。戦いではお役に立てなかったですけど、今度は任せてください。わたしのとっておきの術、お見せします」

「……とっておき？」

「はい！　わたしだけじゃなくて、天界の住人にとって特別な、秘伝《ひでん》の術なんですよ。昔、ちょっとだけ大天使様に教わったことがあるんです」

　微笑んで、フロンはペンダントを握りしめた。

　大天使や高位の天使は、『浄化《じょうか》』という術をかけることができる。罪を犯した者の魂を、天界の聖なる力をもって清める術だ。

　フロンは今回、その術で封印を補強《ほきょう》できないかと考えたのだ。罪人を閉じこめる封印と、昇華《しょうか》させる浄化。微妙《びみょう》な違いが気にはなるが、何事もやってみなければわからない。

「さっき、頑張って方法思い出しましたから、なんとかなります！」

「フロンちゃん、それ全然説得力ない」

　エトナに突っこまれたが、フロンはめげずにラハールの説得に当たった。

「とにかく大丈夫です！　ありったけの力でお手伝いしますからっ！」

　むん、とフロンは力こぶを作る真似をしてみせた。

「それに、このペンダントの力だってあります。大天使様のお力もついてますから、百人力です！　だから……むぎゅっ？」

「もういい、黙れ！」

フロンの口元を手のひらでふさいで、ラハールはヤケを起こしたように叫んだ。

ラハールは重く息をつくと、じとっとフロンをにらみつけた。

「いいか、言い出しっぺはお前だからな。ちゃんとキリキリ手伝うんだぞ。手抜きなどしたら、容赦はせんからな！」

（ラハールさん！）

フロンは目を見開き、そしてこくこくとうなずいた。もちろん、手抜きなどするわけがない。

ラハールが賛成してくれただけで、もうやる気の充電《じゅうでん》完了だ。

「……それからエトナ、貴様は腹心として、きちんと全てを見届けろ。闘技場のときのようにダレたり、トンズラしようとしたら承知《しょうち》しないからな」

「へ？　でもあたしは……」

目を丸くしたエトナに、ラハールはにやりと笑ってみせた。

「誰が、腹心をやめていいと言った？　裏切り分もきっちりこき使ってやるからな」

エトナはきょとんとしてから、はじけるように笑った。

「はい、しっかり見届けさせてもらいます、殿下♥」

「では、いくぞ」

「はいっ！」

未だ意識を取り戻さないマデラスの前に、フロンとラハールは緊張《きんちょう》した面持《おもも》ちで並び立った。背中に、少し離れたところで見守るエトナたちの視線を感じた。

（どうかお力をお貸しください、大天使様！）

フロンはペンダントを強く握りしめると、すうっと大きく息を吸いこんだ。

まず、ラハールが封印の呪文を唱え始める。魔界言語はフロンにはわからないが、厳かながら力強い響きの呪文だ。

ばちっ！

フロンも、慎重《しんちょう》に浄化の呪文を呟き始めた。天界への扉のときとは違って、より高度な発音を必要とする呪文である。丁寧《ていねい》に、はっきりと。フロンはそう自分に言い聞かせ続けた。

呪文とともに、フロンは自らの体から、清くまばゆい光が溢れていくのを感じていた。

マデラスの体を中心にした放射状《ほうしゃじょう》に、漆黒《しっこく》のボールが六つ、地面からじわりと浮かび上がってきた。それらは闇色の火花を散らしながら、マデラスの周りをふうっと動いていく。

あるものは曲線、あるものは直線とそれぞれの軌道《きどう》をたどる漆黒の珠。その軌道は、やがて大きな五紡星《ごぼうせい》の魔法陣《まほうじん》となって地面に浮かび上がった。

これで封印の土台は完成だ。あとは、結界《けっかい》の完成を待つだけ、というところで——。

ぴく、とマデラスが身震《みぶる》いした。

（ええっ⁉）

予想外のことに、フロンの額にバッと汗がにじんだ。今まで気を失っていたはずなのに。今ここで意識を戻されては、封印や浄化どころの騒ぎではない。

マデラスのまぶたが、じわじわ開いていく。まだ焦点《しょうてん》が合っていないようだが、完全に意識を取り戻すのも時間の問題だ。

結界の完成までは、まだもう少し。

（お願い、間に合って！）

祈るような想いで呪文を唱えていると、フロンはふと、ラハールの様子がおかしいことに気づいた。完全に顔が強張《こわば》り、体が細かく震えている。恐怖と、焦りと。そんな顔を見るのが嫌《いや》で、フロンは思わず、ラハールのマントを引っ張った。

「？」

いぶかしげに眉を寄せたラハールに、フロンはそっと片手を差し出した。

とても笑う気分ではないが、笑顔を向けてみせる。

「……フン」

ラハールは鼻を鳴らすと、そっと人差し指だけ握り返してくれた。汗でしっとりした、ラハールの手。二人の鼓動《こどう》が重なる。

悪魔言語と天使言語、二つの旋律《せんりつ》が流れるようにからみ合う。同時に唱えられることなどなかったはずの言葉が、しっくりした一つの調べとなり、どんどん高まっていく。

（なんだか、とても不思議なメロディー……）

呪文を唱えながら、フロンはその調べにうっとりとした。

魔法陣から生まれたドーム状の結界が完成したのとほぼ同時に、マデラスが意識を取り戻した。

「……こ、これは!?」

瞬時《しゅんじ》に自らの状況《じょうきょう》を察《さっ》したのか、マデラスは慌てて外へと手を伸ばした。が、もう遅《おそ》い。完成した結界の電撃《でんげき》にはじかれ、マデラスは苦悶の叫びをあげた。

「見覚えがあるであろう、マデラスよ！」

ラハールは声を張り上げた。

「貴様がこの光景を見るのは二度目だからな。そしてこれが……最後だ！」

「お、おのれぇぇぇぇぇっ！」

マデラスは声の限り吠え、結界に拳を叩きつけた。一瞬結界が揺《ゆ》らぐ。

「させませんっ！」

結界を補《おぎな》うように、光の帯《おび》が結界に螺旋状《らせんじょう》に巻きついた。フロンの放つ、浄化の光である。

フロンとラハールはうなずき合い、バッと片手を天へ向けた。いつの間にか、互いの手をぎゅっときつく握り合っていた。

「闇の底に眠るがいい！　マデラス！」

「どうか目の前の罪人に、救《すく》いと浄化のあらんことを！」

漆黒の闇と、空間を塗りつぶすほどの閃光《せんこう》が混じり合い、うねり、柱となって天へと突《つ》き刺《さ》さる！

「や、やめろぉおおおおおおおおおおおおおおおおおっ!!」

マデラスの絶叫が、黒白の力の奔流《ほんりゅう》に呑《の》みこまれていく。

おおおお……ん……。

断末魔《だんまつま》の名残《なごり》なのか、気流の音なのか。どちらともつかない唸りをあげて、流れは空へと消えていく。まるで、天へと昇《のぼ》る竜《りゅう》のように——。

辺りが、痛いほどの静寂《せいじゃく》に包まれる。

フロンは静かに、魔法陣のあった場所を眺めていた。マデラスを呑みこんだ結界の跡には、濡《ぬ》れ羽色《ばいろ》の花が一面に咲き乱れていた。大輪《たいりん》の花は、戦いの余韻《よいん》の風に、静かに揺れている。

その花の中に、悪魔の赤ん坊がきょとんとして座っていた。バラ色の頬《ほお》がかわいらしい、二本角の悪魔である。

「なんだ？　このガキは」

「マデラスさんですよ」

「何ぃっ!?」

ラハールが目をひんむいて驚く。フロンはそっと赤ん坊を抱き上げて、微笑んだ。

「罪を浄化したから、こんなにちっちゃくなっちゃったんです。マデラスさんは人生をやり直すんです。だからラハールさん、いじめちゃダメですよっ」

ラハールはしばらくぽかんとしていたが、やがて口元をゆるめた。顔がどんどん輝いていく。

「く……くくく……ハーッハッハッハッハッ！　マデラスめ、実にいい気味《きみ》だっ！　母上の仇《かたき》、このラハール様が取ったぞぉぉぉぉっ！　ハーッハッハッハッハッ！」

がばっと立ち上がって、ラハールは豪快《ごうかい》に笑い始めた。その高笑いに、赤ん坊のマデラスがびくんと体を震わせ、みるみる瞳を潤ませた。

「ふっ……ふぎゃあぁぁぁぁぁんっ！」

「よしよし、いい子いい子！　……ラハールさん、いじめちゃダメって言ったばかりじゃないですか！」

「オレさまは何もしておらん！　そいつが勝手に驚いただけではないか！」

「びっくりさせるようなこともダメですっ！　……でも、やりましたね、ラハールさん！」

泣くマデラスを優しくあやしながら、フロンはラハールにとびっきりの笑顔を向けた。

術が完成したのも嬉しかったが、ラハールの口からぽろりと、『母上』という言葉が出たのが嬉しかった。ラハールは過去の悲しい思い出から、大きく未来へと踏み出したのである。

……わぁぁぁぁあっ！

そのとき遠くから突然、大歓声《だいかんせい》が湧《わ》き起《お》こった。

「な、何事だっ!?」

「見てください、あそこっ！」

フロンは城を振り返り、指差した。

城門付近から一斉《いっせい》に、悪魔たちが喜びの表情で飛び出してきている。口々にラハールの名を呼びながら、悪魔たちはこちらへ集まってきていた。

安全なところへ誘導したはずの彼らは、至《いた》るところから姿を現す。壁の陰《かげ》から、植《う》えこみの中から、とにかくものすごい数である。

「……あんたたち、いつの間に隠れてたの!?」

「どうやら、こっそり見ていたみたいですね」

驚くエトナに、バイアスが髪をかき上げながら言った。

「それだけ、気になっていたんでしょう。新たな魔王がどちらになるかをね」

「……フン」

ラハールはそっぽを向いて、鼻先をかいた。その耳がほんのり赤いのを、フロンは見逃《みのが》さなかった。

「見ていたなら、応援《おうえん》くらいしないか。気が利《き》かんヤツらめ。これではこの先、手を煩《わずら》わされることになりそうだな」

「ふふっ、楽しみですね。ラハールさん」

悪魔たちに囲《かこ》まれ苦々《にがにが》しい顔をするラハールを想像し、フロンはくすくす笑った。

エトナがひょこっと顔を出し、

「いやー、それにしても殿下がここまでやってくれるなんてびっくりですよ。さすがクリチェフスコイ様の息子です。よっ、魔界一っ♥」

「もう、エトナさんってば。またそういうことを言ったら、ラハールさんが……」

「言わせておけ」

「ほら、やっぱり怒って……って、あれ？」

フロンはきょとんとした。てっきり怒るとばかり思っていたラハールが、不敵《ふてき》な笑《え》みを浮かべて空を見上げていた。

「すぐに親父を超《こ》える魔王になって、そんな言葉など実力で消してやるからな！」

「そうですね、きっと、すぐです！」

スッキリしたラハールの横顔を見て、フロンは満面《まんめん》に笑みを浮かべた。

戦いのあった空き地は、いつしか即席《そくせき》戦勝パーティーの会場となっていた。満天《まんてん》の星空のもと、悪魔たちは赤々と燃え上がる炎を囲む。

城からありったけのご馳走《ちそう》が運ばれ、歌あり踊《おど》りあり武芸《ぶげい》あり、大宴会《えんかい》状態となっていた。悪のりして、魔法できついお灸《きゅう》を据《す》えられる悪魔もいる。

ラハールはもうすっかり上機嫌《じょうきげん》で、戴冠式の際の決めポーズについて、バイアスと議論《ぎろん》を戦わせていた。

「ダメです。決めポーズはスマートで優雅に。エトナ、君もそう思うでしょう⁉」

ヒートアップしたバイアスが、エトナのツインテールを二回引っ張る。エトナは目を見開き、突然耳先まで顔を赤くした。バイアスは彼女にいたずらっぽく微笑むと、口元に人差し指を当てウインクした。

フロンはスヤスヤ眠るマデラスを抱いて、悪魔たちの宴を眺めていた。

(みんな、本当に楽しそう……本当によかった)

朝の戦いでケガをした悪魔には、先ほどフロンが癒しの魔法をかけておいた。そのせいもあってか、悪魔たちは皆、元気いっぱいはしゃぎ回っている。

(こうしてると、ここが魔界だなんて嘘みたいだわ)

ここで過ごして数日しか経《た》っていないのに、頑《かたく》なだったラハールの心はゆっくり解け始めた。

彼が自分の中の優しさを、自然に受け入れる日も遠くないはずだ。

(そうなったら、クリチェフスコイさんみたいに人気のある魔王さんになるんだろうなぁ。でも、なんか全部変わっちゃっても、ラハールさんって感じがしないし、……なんか複雑《ふくざつ》)

楽しみなような困るような想像に浮かれていたフロンの前に、はらりと何かが降ってきた。

「あら？」

手にとって、フロンはハッとした。

(これは……天使の羽根だわ！)

巨大《きょだい》な霊力《れいりょく》の名残が感じられる羽根。何度見ても、間違いなく天使の羽根である。

(こんなところにあるはずはないのに……どうして)

しかも、羽根は次から次へと降ってきた。気づいた悪魔たちがどよめき、空を見上げる。

どくどくと、急にフロンの心臓が騒がしくなり始めた。

ふっと空を見上げた瞬間——。

ぱあああっ！

光のシャワーが降り注ぎ、辺りを温《あたた》かな白色に染め上げた。

プリニー隊がバッと上を見上げて叫んだ。

「殿下、エトナ様、フロンさん！　何か変なものがこっちに来るっス！」

空から、白くゆったりとしたローブを着た長い白銀の髪の男が降りてくる。その背中には、白い大きな翼。

「大天使様！」

「やぁ、フロン」

大天使ラミントンは、慈愛《じあい》に満ちた微笑を浮かべ、ゆっくりと地上に降り立った。フロンは天界にいたときのように、彼のもとへと転がるように走っていった。

「大天使様、いきなりどうして……」

「おや。お前のことが気にかかって、ではいけないかい？」

「いいえ、滅相《めっそう》もありません！　またお会いできて嬉しいです！」

フロンは瞳を潤ませて微笑んだ。

「おい、こいつは誰だ？」

「ラハールさん！」

エトナたちを引き連れ、ラハールがのっそりと現れた。

「紹介《しょうかい》しますね。こちらが大天使様。天界で一番偉い、わたしをここへ遣わしてくださった方です。大天使様、こちらはラハールさん。クリチェフスコイさんの息子さんで、新しい魔王さんになるひとです」

紹介を受け、大天使は優雅に一礼をした。

「はじめまして、ラハールくん。フロンが色々と世話《せわ》になったようだね。君のことは、古い友人から伝え聞き、よく知っているよ」

「友人だと？　何者だ、そいつは？」

大天使はただ黙って微笑んだ。その近くでバイアスがくすりと笑う。

「……」

渋《しぶ》い顔で、ラハールが大天使をじろじろ観察した。いつも不機嫌ではあるが、なんだか普段《ふだん》より余計にいらだたしげだ。あまりにもぶしつけで失礼ではと、フロンは青ざめたが、幸い、大天使に気を悪くしたような様子はなかった。

「ところで、フロン」

大天使は、マデラスをフロンの腕から抱え上げた。

「ほんのわずかな期間に、ずいぶん成長したようだね。浄化の術、よく覚えていたね」

「でも、大天使様が教えてくださった見本とは、全然違います。やっぱりまだまだ修行《しゅぎょう》が必要ですね」

指先をごにょごにょといじりながら、フロンはしょんぼりと肩を落とした。

マデラスの罪はうまく浄化できた。しかし周りの花は全然違う。本来なら、もっと温かく淡い色の花になるはずだった。ところが、フロンが咲かせた花は黒だ。

ところが、大天使はやんわりと首を横に振った。

「いや、これでいいんだよ。フロン、やはり君に託《たく》したのは間違っていなかったようだね」

「託す？」

首を傾げると、大天使はフロンとラハールの二人を見つめ、さらに微笑を深くした。

「お前をここへ送るときも、わたしは魔界のことを話したね。覚えているかい？」

「はい。天界のみんなは、噂《うわさ》だけで魔界を汚《けが》らわしいって決めていました」

フロンはうなずいた。ラハールたちと打ち解けた今となっては、胸が痛くなる話だ。

バイアスが、横から口を挟んだ。

「噂はどんどん大げさになっていきますからね。ささいな出来事が、刺激的な作り話にすり替《か》えられていくのも、よくある悲劇《ひげき》です」

「そうです。まさにその通り！　素晴らしいご指摘《してき》、さすがですね♥」

うっとりと瞳を輝かせ、エトナがこくこくうなずく。プリニー隊が気味悪そうに後ずさった。

「フン、貴様ら何様のつもりだ？　扉なんか作って、勝手に行き来しなくなったのは天使どものほうだろう」

ムッとしたラハールの一言に、大天使はゆっくりうなずく。

「本当にそうだね。かといって、突然《とつぜん》交流を再開《さいかい》したところで……君はすぐ受け入れられるかい？　フロンのように」

「無理な相談だな」

ラハールは即答《そくとう》し、意味ありげにフロンを見た。

（そう言えばわたし、いきなりラハールさんに蹴られちゃったんだっけ……）

「だろう？　だからわたしは、現状を憂《うれ》う同志《どうし》とともに計画を立てたのだよ。天界と魔界の者同士が、互いをわかり合い、打ち解け合えるかどうかをね」

「大天使様。それじゃ、クリチェフスコイさんに会ってくるようにっておっしゃったのは、もしかして！」

「ふふっ。さぁ、どうだろうね？」

大天使は明答《めいとう》を避け、足音すらたてずにそっと濡れ羽色の花に近づいた。壊《こわ》れ物《もの》を扱うときの繊細《せんさい》な仕草で、花びらを撫《な》でる。

「計画は大成功のようだね。この色の花が咲いたのは、互いを理解し合った天使と悪魔が、手を取り合ったという何よりの証《あかし》。よくやったね、フロン」

笑みを浮かべた大天使が、フロンの髪を優しくなでる。

しかしフロンは、いつものご褒美《ほうび》を複雑な顔で受け取った。褒《ほ》められるのはもちろん嬉しい。けれど――。

フロンはごくんと息を呑み、思い切って尋ねた。

大天使が姿を見せてから、ずっと気になっていたことを。

「もしかして……大天使様自ら、わたしを迎えにいらしたのですか？」

「そうだよ。君の任務《にんむ》は、晴れて終了だからね」

天界へ帰る。

ついにこのときが来てしまったかと、フロンは複雑な心境《しんきょう》になっていた。

天界の住人が、天界へ帰る。それはとても当たり前のことだったが、フロンはすっぱり忘れ去っていた。

たぶん、ラハールの味方になりたいと思ったときから。

「……オレさまは許さんぞ」

ギッときつい眼差しで、ラハールが大天使をにらみつけた。今にも飛びかかりそうな雰囲気だったが、ぐっとこらえている。こんなささいな変化もフロンには嬉しいはずなのに、今はただ、胸が苦しくなる。

大天使は穏やかな表情を崩さずに、無言でその視線を受け止めている。

「貴様がフロンに何を命令したかなど、関係ない！　だいたい貴様は、一度フロンを天界から閉め出したではないか。こいつを放り出した貴様に、フロンをどうこうする権利はないっ！」

「閉め出してなどいないよ、ラハールくん。わたしはずっと彼女のことを案じていたし、ちゃんと帰るべきときは伝えると言づけたからね」

「……あの、赤いプリニーにか……」

姉御肌プリニーの最期《さいご》を思い出したらしく、ラハールは少し声をひそめたが、再《ふたた》びくわっと犬歯《けんし》むき出しでわめき始めた。

「だが、そんなこと知るか！　この魔界の王はオレさまだ。魔界にいる者は、全てオレさまの支配下にあるのだ。オレさまの許可なしに連れ帰るなど、誰であれさせはしないっ！」

無茶苦茶《むちゃくちゃ》なことを言いながら、ラハールは地団駄《じだんだ》を踏みまくった。

「ラハールさん、そんなことしたらまた足痛めちゃいますよ」

おろおろして声をかけると、ラハールはこちらにも怒りの矛先を向けた。

「うるさい！　お前もなんとか言え！　オレさまの『味方』になるだのなんだの、あれほど意気込《いきご》んでいたのはどこのどいつだ!?　期間限定などとは言ってなかっただろう！」

「わたしだって、もっと皆さんといられると思ってましたよ。決していい加減《かげん》な気持ちで、ラハールさんの味方になったりしません」

「そうだろう、そうだろう！　若さと才能溢れるオレさまより、この暗くて地味《じみ》な男を取るなど片腹痛《かたはらいた》いわ！」

「厚かましいにもほどがありますよ、殿下」

「やまかしいっ！」

（……ラハールさん……）

ラハールとエトナたちを眺め、フロンは心がぐらぐら揺れているのを感じた。

ここにいたい。ラハールがみんなに慕《した》われる魔王になっていくのを見て確かめたい。

だけど……。

フロンはきゅっと唇を噛みしめた。

「ごめんなさい、ラハールさん。やっぱりわたし、天界に戻らなくちゃいけません」

「何っ⁉」

「わたし、ここへ来れて本当によかったです。確かに、お金のこととか力のこととか、天界とは全然違って大変でした。でも皆さんは……ラハールさんは教えてくれました。悪魔のひとたちにも、優しさや思いやりがあって、ただ素直に出すことがないだけなんだって」

「そ、それならもっとここにいればいいではないか！　オレさまの偉大さなら、これからいくらでも見せてやるぞ。そのお気楽な脳《のう》みそにもわかるほど、徹底的《てっていてき》に叩きこんでやる」

フロンの胸が、きりきりと痛んだ。

最初はあれほど、自分を追い出そうとしていたラハール。それなのに今は全く逆《ぎゃく》だ。こうして不器用《ぶきよう》な言葉で、引《ひ》き留《と》めようとしてくれる。

やっぱり、このひとと一緒にいたい。素直な気持ちに、フロンは心を痛め続ける。

「よいか、オレさまはお前を、魔王の『味方』と認めてやったんだ。それなのに、さっさとオレさまを置いていこうなどとは虫がよすぎる！　心配などするなと言ったのは、どこのどいつだあぁあっ！」

「……わたし、です……」

フロンは顔を曇《くも》らせた。考えてみれば、自分は一番ひどいことをしようとしているのだ。置いて行かれることを何より恐れるひとを、置いていこうとしているのだから。

（それでも帰らなくちゃいけないわ。だって……わたしには、お仕事があるんだから）

「ラハールさん。大天使様もおっしゃったように、天界は魔界のことを誤解《ごかい》してます。もともとわたしは、本当の魔界の姿を見るために遣わされたんです。だからここで知ったことを、天界のみんなに知らせなくちゃなりません。それに、わたし自身が嫌なんです。このまま、ラハールさんが誤解され続けるなんて、絶対に嫌ですっ！」

最後は、ほとんどただの叫びになってしまった。

ラハールがこれから、汚らわしい魔王だと言われ続ける。それだけは絶対に嫌だった。

フロンの決意の固さに、ラハールがたじろいだ。それでも必死に、頭からぶすぶす煙を出して理由をひねり出そうとしている。

その気持ちが嬉しくて、辛《つら》かった。

「しゃ……借金《しゃっきん》はどうするつもりだ？　まだ全然働いていないではないか。最初の一万ヘルに、どれだけ加算したと思っておるのだ！　もっともっと、何年、いや何十年かかるかわからないほど残っているのだぞ！」

「そんな額《がく》でしたっスか？　殿下」

「黙っておれ！」

げしっ！

ラハールは、場の空気を読めないプリニーを蹴り飛ばした。

大天使が苦笑して、ぽんとフロンの頭に手を置いた。

「それなら、心配は無用だよ。どれほどの額か言ってもらえれば、後で届けさせよう」

「し、しかし……」

エトナが、ニヤニヤしてラハールを肘でつついた。

「殿下、ここは素直に、『フロンちゃんと別れるのは嫌です。淋しいよぉ』とか泣きついたほうが効果的《こうかてき》じゃないですか？」

「バカ者！　オレさまはそんなしゃべり方はせんわいっ！」

「じゃ、淋しいのは認めるわけですね♥」

「うっ……」

ラハールは完全に言葉を詰まらせ、悔しそうに歯ぎしりした。

「やれやれ。皆さん大騒ぎですねぇ。もっと優雅に話し合えないものですか？」

バイアスが苦笑混じりに、大天使に視線を送った。そして、唸るラハールの肩にぽんと手を置く。

「男は、引《ひ》き際《ぎわ》が肝心《かんじん》ですよ。無理矢理引き留めようと無粋な姿を見せ続けるくらいなら、せめて、マドモワゼルを天界の家まで送ってあげてはどうですか？」

「オレさまが？」

「わたしを、ですか？」

フロンとラハールは、顔を見合わせた。お互いの脳裏《のうり》に、出会いのときのドタバタがよぎる。

　エトナが、ぽんと手を叩いて笑った。

「いいじゃないですか、殿下。未払《みばら》いの報酬《ほうしゅう》受け取って来てください。あ、せっかくだから天界観光を決めこむってのはどうです？」

「待て、貴様は行かないのか？」

「ええ。戴冠式の準備《じゅんび》でもしておきますよ。殿下がいると、あーだこーだ注文うるさそうですからねー。それに殿下だって、邪魔者《じゃまもの》はいないほうがいいでしょ？」

「バ、バカ者っ！」

　ラハールは全身トマト状態で怒鳴る。フロンもつられて、ぽうっと頬を火照《ほて》らせてしまった。

「あの、大天使様。わたしは嬉しいですけど、いいんですか？」

　フロンが聞くと、大天使は当然のようにうなずいた。

「構わないよ。天界の者にも、わかってもらわねばならない問題だからね。経験《けいけん》を生かすチャンスだよ、フロン」

「はい、大天使様っ！」

　またも与えられた嬉しい任務に、フロンはしゃきっと背筋を伸ばした。

「それでは、決まりのようだね」

　ばさりとローブの裾を翻した大天使が、とん、と地を蹴った。雲のようにふんわりと、体が天へと舞い上がる。

「ラハールくん。わたしは一足先に天界へ戻って、お茶の準備でもしよう。魔王直々《じきじき》の訪問《ほうもん》だからね」

愉快そうな微笑を残して消えた大天使に、ラハールは慌てて叫んだ。

「おい、待て！　オレさまはまだ、行くとも決めてないぞ」

「ええええっ!?　来てくれないんですか!?　わたし、ラハールさんに見てもらいたいところ、いっぱいあるんですよ。来てくださるなら、張り切って天界中ご案内しちゃいますっ！」

ラハールが、ぽりぽりと鼻先をかいた。

「あー、まあ、このラハール様をぜひに、と言うなら行ってやってもいいがな」

「本当ですか？　それなら早速」

フロンはしゃんと背筋を伸ばし、深々とお辞儀《じぎ》をした。

「どうかお願いします、ラハールさん」

「……」

腕を組み、ラハールはあらぬ方向を向いた。耳の先まで火照らせたままで。

「高くつくぞ。覚悟《かくご》しておけ」

「はいっ！」

フロンもつやつやした頬を染めて、はにかむように笑った。

そして戴冠式の日——。

魔王城のテラスに、物思いにふけるラハールの姿があった。そよそよと心地よい風が、おろしたてのマントを揺らしている。

そこへ、エトナがひょっこりと姿を現した。『戴冠式用祝電《しゅくでん》』と書かれた箱を、重そうに抱え直す。

「殿下、戴冠式の準備ができましたよー」

「遅いぞ。何をやっていたのだ」

ラハールにたんたんっと足を踏み鳴らされ、呼びに来たエトナはげんなりした。珍《めずら》しく仕事をしているというのに、いきなりこれではやる気も失せる。

「ちょっと悪魔たちの入場に手間《てま》取ってただけですよ。もー、何をそんなにイライラしてるんですか？」

ラハールが怒るほど、予定時刻から遅れてはいない。ぼやきながら、エトナは式場に持って行くものをプリニー隊たちに持たせていく。王冠《おうかん》などの貴重品《きちょうひん》は事前に会場に置かず、直接持って行くことにしたのだ。

「任命書も……ん、オッケーですね」

エトナは任命書に視線を落とした。見慣《みな》れたラハールの署名のすぐ下には、真新しい筆跡《ひっせき》でこうつけ加えられていた。

――上記の者を、魔王に推薦《すいせん》す。クリチェフスコイ、と。

「とにかく、よかったじゃないですか。これでようやく、正式な魔王になれますねー」

「そうだな。大変だったぞ」

フロンがいた数日間を思い出したのか、ラハールは少し照れくさそうに頭をかいた。ふとエトナは、気にかかっていた話題を引っ張り出した。

「そう言えば殿下。結局フロンちゃんのこと、どうなったんです？」

ラハールが城へ帰ってきたのは、天界に行って数日後のこと。その間何があったのか、どんな会話を交わしたのか、ラハールはほとんど口にしなかった。

折《おり》に触れては聞き出そうとしてみたが、いつもごまかされてしまうのだ。

「あ、それオレたちも知りたいっス、殿下」

「ふられちゃったんスか？」

「やかましい！　貴様らには関係ないだろう！　そんなことよりエトナ。なんかこう、変わった祝電は来ておらんか？」

「変わった祝電……ですか？　いえ、特に気がつきませんでしたけど」

「もう一度よく探せっ！」

ラハールはかあっと怒りで顔を赤く染め、ドスドスと式場へ向かっていった。

「あ、待ってくださいよ、殿下！　ったく、こういうところは成長してないんだから」

結局今日もごまかされてしまったと、エトナは舌打ちした。

＊　　＊　　＊

闘技場が悪魔たちの歓声に揺れていた。

溢れている熱気は、試合を行ったときとはまるで違う。祭りのときの盛《も》り上《あ》がり方《かた》だ。

プリニーのアナウンスが、城内に木霊《こだま》する。

『えーそれではお待ちかね、新魔王、ラハール陛下の入場っスー』

「者ども、よく来たな！　新たな魔界の王、ラハールさまの姿をしっかり目に焼きつけていくがよい！」

ラハールはバッとマントを翻し、歓声に負けないほどの大音声《だいおんじょう》をあげた。

おおおおおおおおっ！

自信に満ちた言葉に、悪魔たちが一斉に反応する。ラハールはうっとりとその響きに耳を傾けた。

戴冠式は滞《とどこお》りなく進む。ラハールは設《しつら》えられた玉座に腰かけながら、歓声を送り続ける悪魔たちを満足げに眺めていた。

「うむうむ、もっとオレさまを称《たた》えろ！　ハーハッハッハッハッ！　……ん？」

思い切りふんぞり返って高笑いするラハールの肩を、ちょんちょん、と誰かがつついた。

「誰だ、ひとが栄光に浸《ひた》っているときに邪魔をするのは」

ぶすっと振り返ったラハールは、ハッと顔色を変えた。その鼻先に、ふわりと優しく甘《あま》い花の香《かお》りが漂《ただよ》った。

『じゃ、次祝電を紹介するっス。えーと、はじめは天界から、大天使ラミントン様っス』

プリニーのアナウンスは、もうラハールの耳には届いていなかった。

「……戴冠式が終わってから、こちらへ来るのではなかったのか？」

「だって、悪魔の皆さんにちゃんとご挨拶《あいさつ》するいい機会《きかい》じゃないですか。——これからよろしくお願いします、って」

両手いっぱいにユイエの花束《はなたば》を抱えて、フロンが頬を染めて微笑んだ。フリルをたっぷりあしらった純白のドレスが、陽《ひ》の光にまばゆく照らされていた。

「あの、これってブーケって言うんでしたっけ？　ラハールさん」

『新魔王ラハール殿。うちのフロンを、どうぞ末永くよろしくお願いします、だそうっス』

アナウンスに、会場の熱気がさらに高まっていった。


—FIN—

あとがき

皆様《みなさま》、はじめまして。お茶と昼寝《ひるね》を糧《かて》に、日々のほほんと過ごしている新米《しんまい》物書き、秋倉潤奈と申します。とは言っても、寝つきはあまりよくなかったりします。

そのせいか、プリニーが抱《だ》き枕《まくら》っぽく見えて仕方《しかた》ありません。「どうぞ遠慮《えんりょ》なく抱きつぶしてください!」と言わんばかりの、ぼてっとしたあの体。思いきり抱きしめたら、どんな感触《かんしょく》なんでしょう。フカフカなんでしょうか? 意外にしっとりしてるんでしょうか?

ああ、もう気になって気になって……。破裂《はれつ》させないように加減《かげん》するのは難《むずか》しそうですが、ぎゅーっとしてみたいものです。カモン、プリニー隊《たい》!

……話が脱線《だっせん》してしまいましたが、どうぞお見知りおきを。

小説版『魔界《まかい》戦記ディスガイア』はフロンちゃん視点《してん》の物語です。ラハール様、および華麗《かれい》な(?)転身《てんしん》をはかった某《ぼう》キャラからの報復《ほうふく》を恐《おそ》れつつ、書かせていただきました。裏《うら》タイトルは『フロン、愛と正義《せいぎ》の魔界滞在記《たいざいき》』といったところでしょうか。

いや、それならもっと色々なところを飛び回らないとダメですね。じゃあ『フロンちゃんと行く、魔王城割高ツアー』ということで、決定。

こんな短い期間じゃなくて、魔界にどっぷりつかりたい！　そう思った方は、ぜひぜひゲームでラハール様やフロンちゃんと走り回ってくださいね。


さて、最後になりましたが、お世話《せわ》になった方々に感謝《かんしゃ》の言葉《ことば》を。

あかほりさとる師匠《ししょう》、花田十輝さん、ＳＡＴＺの皆様。日本一ソフトウェアの皆様、編集の皆様。もう皆様に足を向けて寝られません。今から方位磁石《じしゃく》買ってきます。本当にありがとうございました。

ノートに物語もどきを書いていた頃《ころ》から支《ささ》えてくれた友人の皆様、父上&母上。いっぱい迷惑《めいわく》かけてごめんなさい。これからも愛あるドツキ、お願いします。

そして、手にとってくださった皆様。少しでも楽しんでいただけたなら幸いです。

それでは、またどこかでお会いできることを祈《いの》りつつ……。

秋倉潤奈

解説

小説化のお話をいただいたときに、私が最初に思ったのは「大丈夫《だいじょうぶ》かいな？」でした。

何が「大丈夫かいな？」かというと、この『魔界《まかい》戦記ディスガイア』というゲームは、ゲームシステムからシナリオまで「これでもか!?」ってくらい無茶《むちゃ》をやっているからでして……。

すでにゲームを遊んでくださっている方はご存知《ぞんじ》のとおり、魔界が舞台《ぶたい》なんて可愛《かわい》いもんで、暗黒議会にアイテム界もまだまだ序《じょ》の口、サイボーグだの地球勇者《ゆうしゃ》だの巨大宇宙戦艦《せんかん》だの、挙《あ》げ句《く》の果《は》てには馬のチンチン（ごめんなさい）だの、とんでもなくB級ノリなネタがモリモリ登場するダメっぷりなんですな、これが。

これはグラフィック、音楽、音声などの演出《えんしゅつ》が加味《かみ》されているからこそ、なんとか許《ゆる》してもらっている（え？　許してない？）わけでして……。

つまり、『魔界戦記ディスガイア』はゲームシステム、グラフィック、シナリオなどなど、全部ひとつにまとめて初めて『魔界戦記ディスガイア』なんだと思っていたんです。

そこに小説化の話です。

大丈夫《だいじょうぶ》かいな？

文章勝負の小説で、果たしてディスガイアの世界を表現できるのだろうか？

とても興味深《きょうみぶか》い話でしたが、心配でもありました。

私なら絶対できません（断言《だんげん》＋笑）。


そして、小説化された結果ですが――。

それは読者の皆さんに判断《はんだん》していただきたいと思います。

私たちが、このゲームを企画《きかく》したときに大切にしたのは「自由な発想《はっそう》」です。だから、皆さんもこの小説版ディスガイアを読まれるときは、自由な発想で読んでいただければと思います。

ただ文字を追《お》うだけでなく、ときには想像《そうぞう》、ときには妄想《もうそう》を膨《ふく》らませながら、自由な発想で楽しみ、新しいディスガイアの世界を創《つく》り上《あ》げてください。

それができたとき、あなたも魔界の住人となれるはずです……。

（株）日本一ソフトウェア
プロデューサー　新川宗平

GAME DATA

魔界戦記
ディスガイア

対応機種●	プレイステーション2
メーカー●	日本一ソフトウェア
ジャンル●	S・RPG
定価●	6,800円(税別)
発売日●	2003年1月30日

　魔王の座をめぐってラハールを筆頭に魔界の住人たちが大暴れ！　さらに天界の思惑もからみ、魔界ウォーズの行方やいかに！　良質のS・RPGを作り続けてきた日本一ソフトウェアならではの完成度の高いシステムと、コミカル&ハートフルな物語はもちろん健在。S・RPGの進化を極めた1作！

本書に対するご意見、ご感想をお寄せください。

■

あて先

〒101-8305 東京都千代田区神田駿河台1-8 東京YWCA会館
メディアワークス電撃ゲーム文庫編集部
「秋倉潤奈先生」係
「原田たけひと先生」係

■

電撃文庫

魔界戦記《まかいせんき》

ディスガイア

秋倉潤奈《あきくらじゅんな》

発　行　二〇〇三年五月二十五日　初版発行
　　　　二〇〇三年六月二十日　再版発行

発行者　佐藤辰男

発行所　株式会社メディアワークス
〒一〇一-八三〇五　東京都千代田区神田駿河台一-八
東京YWCA会館
電話〇三-五二八一-五二二二（編集）

発売元　株式会社角川書店
〒一〇二-八一七七　東京都千代田区富士見二-十三-三
電話〇三-三二三八-八六〇五（営業）

装丁者　荻窪裕司（META＋MANIERA）

印刷・製本　あかつきBP株式会社

ISBN4-8402-2315-7 C0193

電撃文庫創刊に際して

文庫は、我が国にとどまらず、世界の書籍の流れのなかで〝小さな巨人〟としての地位を築いてきた。古今東西の名著を、廉価で手に入りやすい形で提供してきたからこそ、人は文庫を自分の師として、また青春の想い出として、語りついできたのである。

その源を、文化的にはドイツのレクラム文庫に求めるにせよ、規模の上でイギリスのペンギンブックスに求めるにせよ、いま文庫は知識人の層の多様化に従って、ますますその意義を大きくしていると言ってよい。

文庫出版の意味するものは、激動の現代のみならず将来にわたって、大きくなることはあっても、小さくなることはないだろう。

「電撃文庫」は、そのように多様化した対象に応え、歴史に耐えうる作品を収録するのはもちろん、新しい世紀を迎えるにあたって、既成の枠をこえる新鮮で強烈なアイ・オープナーたりたい。

その特異さ故に、この存在は、かつて文庫がはじめて出版世界に登場したときと、同じ戸惑いを読書人に与えるかもしれない。

しかし、〈Changing Time, Changing Publishing〉時代は変わって、出版も変わる。時を重ねるなかで、精神の糧として、心の一隅を占めるものとして、次なる文化の担い手の若者たちに確かな評価を得られると信じて、ここに「電撃文庫」を出版する。

1993年6月10日
角川歴彦

ジーズ
電撃G's文庫
Atelier Judie
ユーディーのアトリエ
時を超えたメッセージ
著：紺野 たくみ
イラスト：双羽 純
アトリエシリーズ新展開！
200年の時を超えて
錬金術士がやってきた
発行◎メディアワークス

電撃ゲーム文庫

発行◎メディアワークス